Μαριεττα Ιγνατιαδου

Η ΠΤΗΣΗ ΠΡΟΣ ΤΟΝ ΝΕΟ ΜΟΥ ΕΑΥΤΟ

AF139397

Μυθιστόριμα

© 2024 Μαριεττα Ιγνατιαδου

Πρώτη Έκδοση

Μεταφρασμένο από τα γερμανικά

ΕΠΙΚΟΙΝΩΝΙΑ:

www.instagram.com/mariettaignatiadou

Herstellung und Verlag:
BoD – Books on Demand, Norderstedt
ISBN: 9783759759450

Για την οικογένεια μου και τους φίλους μου

Και για τον Α. Β. :

«Στην πιο μική στιγμή μαζή σου έζησα όλη μου τη ζωή.....»

Check-in 1

Η στολή μου ήταν έτοιμη.

Ο κότσος ήταν τέλειως.

Ήμουν έτοιμη να τελειώσω το μακιγιάζ μου όταν το μυαλό μου άρχισε να περιπλανιέται...

Από δώδεκα ετών ονειρευόμουν να γίνω αεροσυνοδός. Ήταν τ' όνειρό μου να ταξιδέψω στον κόσμο και να δουλέψω σ' ένα από εκείνα τα γιγαντιαία αεροπλάνα. Ακόμα ανατριχιάζω όταν οι κινητήρες αρχίζουν να κινούνται και στη συνέχεια εκτοξεύουν το αεροπλάνο στον αέρα σαν από το πουθενά.

Ακόμη και πριν γίνω αεροσυνοδός, το αεροδρόμιο πάντα με τραβούσε κοντά του σαν μαγνήτης. Λάτρευα τις πτήσεις και κάθε φορά που έβλεπα μια ένστολη καλλονή, φανταζόμουν πώς μπορεί να ήταν η ζωή της. Ήξερα από κάποιους γνωστούς πώς ήταν η καθημερινότητά τους κι όταν άκουγα τις ιστορίες τους με άγγιζε μια λαχτάρα, την οποία όμως παραμέριζα, καθώς ήμουν απασχολημένη με άλλα πράγματα. Πάντα κάτι προέκυπτε. Φαινόταν σαν κάτι άλλο να ήταν πιο σημαντικό κάθε φορά. Σαν να μην είχε έρθει ακόμα η κατάλληλη στιγμή.

Μετά το σχολείο, έγινα διερμηνέας λόγω της κλίσης μου προς τις ξένες γλώσσες. Κατόπιν ακολούθησα μια καριέρα στον χορό και κάπως έτσι πέρασε ο καιρός.

Στα τριάντα δύο μου χρόνια ήρθε ο σύζυγος, ενώ συγχρόνως γεννήθηκε η επιθυμία μου να κάνω οικογένεια. Μετά τον γάμο, το τρένο προς την εκπλήρωση παλιών εφηβικών ονείρων είχε φύγει για τα καλά. Είχα επικεντρωθεί μόνο στη δημιουργία οικογένειας.

Τι κάνεις όμως αν η επιθυμία σου για παιδιά παραμένει ανεκπλήρωτη; Κάθε φυσιολογικός άνθρωπος θα έλεγε να συνεχίσεις να απολαμβάνεις τη ζωή με τον άνθρωπο που αγαπάς μέχρι να σας χωρίσει ο θάνατος. Ωστόσο, όταν τα οικογενειακά σχέδια δεν ευοδώθηκαν, αμφισβήτησα την αγάπη μου για 'κείνον. Ήμασταν άραγε τόσο ενωμένοι που μόνο εμείς οι δυο αρκούσαμε για το υπόλοιπο της ζωής μας;

Ένιωθα την απάντηση μέσα μου, αλλά για πολύ καιρό δεν ήθελα να το παραδεχτώ. Είχαμε συνάψει κάποτε εκείνον τον δεσμό, επειδή κι οι δυο θέλαμε ακριβώς τα ίδια πράγματα. Ήμασταν έτοιμοι και ήταν η κατάλληλη στιγμή να γίνουμε γονείς.

Η ανάγκη εκείνη βάραινε περισσότερο και μας έκανε ν' αμελήσουμε, ν' αναλογιστούμε αν εκείνο που νιώθαμε ο ένας για τον άλλον ήταν πραγματικά

2

βαθιά και γνήσια αγάπη. Ήμασταν πολύ βιαστικοί και δεν πήραμε τον χρόνο μας. Πέντε χρόνια αργότερα, ο λογαριασμός για 'κείνον τον λανθασμένο υπολογισμό βρισκόταν στο μπροστά μου. Έλεγε:

ΔΥΣΑΡΕΣΚΕΙΑ

Κάτι στη ζωή μου δεν ήταν σωστό. Ακόμη χειρότερη ήταν η ιδέα να την περάσω με τη Μάγια που είχα γίνει. Κατά τη διάρκεια των χρόνων του γάμου μου, είχα γίνει μια εκδοχή του εαυτού μου που δεν μου άρεσε και πολύ.

Κάτι έλειπε, παρόλο που είχα τα πάντα: έναν καλό άντρα που με αγαπούσε, οικονομική ανεξαρτησία και ένα ωραίο σπίτι. Ωστόσο, δεν υπήρχε πια πάθος, ούτε για τη ζωή ούτε για τον άντρα μου. Δεν υπήρχε βαθιά σύνδεση.

Μιλάω για εκείνο το καρδιοχτύπι όταν ο άλλος σου λείπει ενώ είναι στη δουλειά. Όταν ξέρεις ότι είναι στο κατώφλι σου και σταματάς μια στιγμή για ν' ανασυγκροτηθείς. Για εκείνο το χαμόγελο που έρχεται αυτόματα μόλις τον σκέφτεσαι και που δεν μπορείς να κάνεις τίποτα γι' αυτό.

Λένε ότι αυτά τα πράγματα ξεθωριάζουν με τα χρόνια σε κάθε σχέση. Θα έπρεπε λοιπόν να ξέρω ότι ήταν φυσιολογικό να νιώθω έτσι, αλλά δεν μου φαινόταν σωστό να το αποδεχτώ έτσι απλά. Ειδικά τόσο νωρίς. Σίγουρα είχαμε κάποιες ωραίες στιγμές στην αρχή, αλλά ξεθώριασαν γρήγορα. Πολύ γρήγορα για τα γούστα μου.

Για πολύ καιρό προσπαθούσα να καταπιέσω τις αμφιβολίες που σιγόβραζαν μέσα μου για εκείνον τον γάμο και να αφοσιωθώ σ' εκείνο για το οποίο είχα γεννηθεί - τον πραγματικό μου σκοπό: να γίνω μητέρα.

Ωστόσο, όταν εκείνος ο στόχος ζωής δεν υλοποιήθηκε για εμάς, συνέχισα να προσπαθώ να παραμείνω προσηλωμένη και πιστή στον γάμο μας. Όμως δεν τα κατάφερα. Η αγάπη μας δεν ήταν αρκετά δυνατή. Δεν ήταν αρκετά βαθιά.

Ώσπου μια μέρα την πρόσεξα. Στην αρχή ήταν ήσυχη. Έπειτα, μέρα με τη μέρα άρχισε να γίνεται όλο και πιο δυνατή μέχρι που σχεδόν ούρλιαζε. Όσο περισσότερο προσπαθούσα να την αγνοήσω, τόσο πιο δυνατή γινόταν.

Η εσωτερική μου φωνή!

Ήταν ξεκάθαρη. Πεισματάρα και αδιαμφισβήτητη.

Μάγια, ελευθερώσου! Δεν είναι αυτή η τελευταία σου στάση. Σε περιμένουν τόσα πολλά ακόμα. Βάλε πλώρη για μεγάλες περιπέτειες! Πρέπει να φύγεις! ΤΩΡΑ!

Το μυαλό μου συνέχιζε να παρεμβαίνει και να αναρωτιέται τι μπορεί να σήμαινε εκείνη η φωνή.Τι έμενε ακόμα να έρθει; Είχα ήδη βιώσει τις κορυφαίες στιγμές μου. Ήμουν σε σύγχυση, αλλά υπήρχε μόνο ένα πράγμα που ήξερα σίγουρα: ή τώρα ή ποτέ.

Έτσι, λοιπόν, το έκανα. Την άκουσα και χώρισα πριν τρεις μήνες. Ξεκίνησα για μια ζωή χωρίς προορισμό και χωρίς σχέδιο. Άφησα τα πάντα πίσω μου. Ξεκίνησα από την αρχή. Μακριά απ' τα πάντα. Μετακόμισα από τη Γερμανία εδώ στην Ελβετία. Εδώ είχα τη δουλειά μου εδώ και δύο χρόνια, ένα σημείο αναφοράς. Γιατί πριν δύο χρόνια το έκανα τελικά: έγινα αεροσυνοδός στην Swiss.

Αφού η ανεκπλήρωτη επιθυμία μου να κάνω παιδιά γινόταν όλο και πιο ξεκάθαρη, δεν ήθελα να σκύψω το κεφάλι και να μην προσπαθήσω να εκπληρώσω την τελευταία ευκαιρία ενός ονείρου που πάντα κρυβόταν βαθιά στο στήθος μου. Ήμουν Ήμουν μεγαλύτερη από τους περισσότερους ανθρώπους που ξεκινούσαν σ' εκείνη τη δουλειά, αλλά δεν ήθελα να μετανιώνω αργότερα, επειδή δεν θα είχα προσπαθήσει. Ειδικά εκείνη την περίοδο κατά την οποία το μέλλον μου φάνταζε ζοφερό, το όνειρο εκείνο ήταν η μόνη μου ελπίδα.

Και τα κατάφερα. Έγινα αεροσυνοδός. Σε ηλικία τριάντα πέντε ετών! Το όνειρό μου είχε γίνει πραγματικότητα.

Ήμουν πλέον τριάντα επτά ετών, εδώ και τρεις μήνες χωρισμένη και πετούσα σε ολόκληρο τον κόσμο - και το λάτρευα.

Ίσως τελικά αυτό να ήταν το αληθινό μου πεπρωμένο; Αρκετά όμως με τις αναμνήσεις.

Το μακιγιάζ μου ήταν πλέον έτοιμο. Φόρεσα τα τακούνια μου κι έφυγα.

Η Νέα Υόρκη με περίμενε...

Check-in 2

Όλο το πλήρωμα συναντιόταν πριν από κάθε πτήση για να συζητήσουν γι' αυτήν και να γνωριστούν μεταξύ τους, το λεγόμενο briefing. Τα πληρώματα άλλαζαν κάθε φορά, οπότε πάντα συναντιόντουσαν διαφορετικοί συνάδελφοι. Είναι εκπληκτικό πόσους ανθρώπους μπορείς να γνωρίσεις σ' αυτή τη δουλειά.

Εγώ δούλευα στην First Class. Μπορούσες να κάνεις μια ωραία προσωπική συζήτηση με τους οκτώ επιβάτες εκεί. Συχνά υπήρχαν διασημότητες, διευθύνοντες σύμβουλοι και πολιτικοί - ή απλώς πλούσιοι άνθρωποι που είχαν πάντα μια ενδιαφέρουσα ιστορία να πουν.

Οι πιλότοι για την πτήση της ημέρας μπήκαν στην αίθουσα. Ο κυβερνήτης ήταν ένας ηλικιωμένος συμπαθητικός Ελβετός. Όπως ήταν αναμενόμενο, ο συγκυβερνήτης ήταν νεότερος, γύρω στα τριάντα πέντε και όμορφος. Πιο όμορφος από τον μέσο όρο των πιλότων μας. Συστήθηκαν σε όλους.

Όταν ήρθε η σειρά του συγκυβερνήτη, μου άπλωσε το χέρι του. «Γεια σου, είμαι ο Άντι». Η χειραψία του ήταν σταθερή και σίγουρη. «Γεια, είμαι η Μάγια». Όχι. Δεν είχε χτυπήσει κεραυνός.

Επιτέλους ένας όμορφος συγκυβερνήτης, σκέφτηκα μόνο. Τίποτα περισσότερο. Γιατί η αλήθεια ήταν πως η πραγματικότητα διέφερε από τις ταινίες. Δεν ήταν όλοι οι ένστολοι ωραίοι.

Από τότε που ήμουν μικρό κορίτσι, οι πιλότοι ήταν ήρωες στα μάτια μου. Θαύμαζα την ταχύτητα, την εξυπνάδα και το ταλέντο τους. Αν μέσα σε όλα αυτά έδειχνε κανείς και όμορφος με τη στολή, τότε ναι, σίγουρα τον θεωρούσα και σέξι. Ωστόσο, ο πιλότος που βρισκόταν εκείνη τη στιγμή μπροστά μου με άφηνε παγερά αδιάφορη. Το διαζύγιό μου ήταν πολύ πρόσφατο. Ήταν πιο σημαντικό να συμβιβαστώ πρώτα μ' εκείνη τη νέα φάση και να βρω ξανά τα πατήματά μου.

Είχα μετακομίσει σ' ένα διαμέρισμα με άλλους έξι συγκατοίκους. Δεν ήταν ακριβώς αυτό που ήθελα στα τριάντα επτά μου και κυρίως δεν ήταν αυτό που σκεφτόμουν στα είκοσι πέντε μου σχετικά με το πού θα βρισκόμουν σ' εκείνη την ηλικία. Με φανταζόμουν παντρεμένη, με σύζυγο, παιδιά κι ένα σπίτι στην εξοχή - και πάνω απ' όλα ευτυχισμένη με όλα αυτά. Αντ' αυτού, έμενα σ' ένα κοινόχρηστο διαμέρισμα. Κι αυτό επειδή είχα ακολουθήσει την καρδιά μου.

Η δουλειά μου ήταν πλέον στο επίκεντρο. Ήθελα να ζήσω κοντά στο αεροδρόμιο και να αποταμιεύσω κάποια χρήματα, καθώς ήμουν και πάλι μόνη μου και δεν μπορούσα να μοιράζομαι τα πάντα οικονομικά. Έτσι επέλεξα εκείνη την προσωρινή λύση.

Χάρη στη συγκατοίκηση είχα κερδίσει μια νέα καλή φίλη που με βοήθησε να ξεπεράσω την πρώτη δύσκολη περίοδο. Ήταν προοδευτική και ο τρόπος σκέψης της ήταν διαφορετικός. Με ενέπνεε. Ήταν λες και η ζωή να μου είχε στείλει τους σωστούς ανθρώπους την κατάλληλη στιγμή.

Εντάξει, ναι, εγώ ήμουν εκείνη που ήθελε το διαζύγιο. Παρ' όλα αυτά, ήταν δύσκολο να κάνω εκείνο το βήμα. Χρειαζόταν να πληγώσω κάποιον που αγαπούσα. Παρόλο που δεν είχα φύγει από τη μια μέρα στην άλλη και το είχαμε συζητήσει πολύ πιο πριν, μου ήταν πολύ δύσκολο να του το κάνω αυτό. Ωστόσο, δεν υπήρχε καμία αμφιβολία ότι ήταν το καλύτερο και για τους δυο μας.

Ακολούθησαν πολλά μοναχικά και δακρύβρεχτα βράδια στο κοινόχρηστο διαμέρισμα, όπου συχνά αναρωτιόμουν: και τώρα τι; Ήταν κάτι σαν αναγέννηση και υπέμενα συνειδητά τον πόνο να αποκόψω τον ομφάλιο λώρο με την ελπίδα πως όσα ζούσα, σίγουρα θα έβγαζαν νόημα αργότερα.

Θα έβγαζαν, έτσι δεν είναι; Στην πτήση προς Νέα Υόρκη δεν υπήρχε καμία αμφιβολία. Ο Άντι με φλέρταρε. Το απολάμβανα κι έπαιζα μαζί του.

Ενώ πετούσαμε πάνω απ' τον Ατλαντικό και

έκανα το διάλειμμά μου, μπήκα στο πιλοτήριο, ήπια έναν καφέ και, ενώ μου μιλούσε, συνειδητοποίησα πόσο όμορφα πράσινα μάτια είχε και ότι το χαμόγελό του μ' έκανε να ντρέπομαι. Από τη στιγμή που άρχισα να ντρέπομαι, ήταν σαφές σημάδι πως υπήρχε κάποια ενέργεια μεταξύ μας που έκανε αισθητή την παρουσία της στο στομάχι μου. Ήταν ο τρόπος που μιλούσε, η γοητεία του και φυσικά το γεγονός ότι, ενώ φλέρταρε μαζί μου, πετούσε ένα Α330 και, αν χρειαζόταν, θα μπορούσε να σώσει περισσότερες από διακόσιες ζωές. Η μοίρα όλων μας ήταν στα χέρια του. Η τόση ευθύνη του προσέδιδε κάποια δύναμη στην οποία δύσκολα μπορούσα να αντισταθώ. Εκεί μπροστά μου καθόταν ο ήρωας των παιδικών μου χρόνων.

Αποδείχθηκε ότι κι οι δυο είχαμε γεννηθεί στην ίδια περιοχή της Γερμανίας. Κατευθείαν υπήρξε χημεία. Μόλις φτάσαμε στο ξενοδοχείο στη Νέα Υόρκη, αποφασίσαμε αμέσως ότι θέλαμε να περάσουμε τη διαμονή μας στην πόλη μαζί.

«Τι θα κάνεις αύριο; Κάποια σχέδια;» με ρώτησε.

«Εκτός από το γεγονός ότι χρειάζομαι ένα καινούργιο τζιν, δεν ξέρω ακόμα. Ίσως κάτι μαζί σου;» απάντησα γρήγορα.

Μου χαμογέλασε κι ανταλλάξαμε αριθμούς.

Ενώ πληκτρολογούσα τον αριθμό του στο

τηλέφωνό μου, οι καμπάνες συναγερμού χτυπούσαν ήδη στο κεφάλι μου. Κάτω τα χέρια απ' τους πιλότους! Όλοι ξέρουμε πώς θα τελειώσει αυτό.

Παρ' όλα αυτά, είπα μέσα μου: τι στο καλό, είμαι πρόσφατα ελεύθερη, δεν θέλω κάτι σοβαρό, τι κακό έχει ένα μικρό φλερτ; Εξάλλου, το χαμόγελό του μ' έκανε να αισθάνομαι εκστασιασμένη. Μου άρεσε εκείνο το συναίσθημα. Έτσι χώθηκα στο αμερικανικό υπέρδιπλο κρεβάτι μου και άπλωσα τα πόδια μου, πρησμένα από την πολύωρη πτήση και τα ψηλά τακούνια. Δεν υπάρχει καλύτερος ύπνος από ό,τι μετά από μια μεγάλη πτήση.

Το επόμενο πρωί, αφού αγοράσαμε το τζιν μου, αποφασίσαμε να επισκεφτούμε το Αμερικανικό Μουσείο Φυσικής Ιστορίας και στη συνέχεια να περπατήσουμε μέχρι το Σέντραλ Παρκ.

Συνειδητοποίησα πόσα πολλά ήξερε ο Άντι και ότι ήταν πανέξυπνος. Ήταν γόης. Ήταν ψαγμένος και περίεργος. Μπορούσε να μιλήσει για τα πάντα και θυμόταν πράγματα που εγώ θα ξεχνούσα αμέσως. Έβρισκα την ευστροφία του εξαιρετικά ελκυστική, πράγμα που με εξέπληξε, καθώς μέχρι τότε η συμπεριφορά του κακού παιδιού ήταν εκείνο που με προσέλκυε σ' έναν άντρα.

Καθώς περπατούσαμε μέσα στο μουσείο,

συνειδητοποίησα πόσο μου άρεσε να είμαι κοντά του και πως απολάμβανα κάθε στιγμή μαζί του.

Ενώ κάναμε βόλτα στο πάρκο, μιλούσαμε για τους εαυτούς μας, τις προτιμήσεις μας και το τι είχαμε καταφέρει μέχρι εκείνη τη στιγμή. Οι συζητήσεις μας διαρκούσαν ώρες, κατά τη διάρκεια των οποίων γελάσαμε πολύ.

«Ξέρεις, είμαι περισσότερο άνθρωπος της υπαίθρου παρά πιλότος μαχητικών αεροσκαφών», αποκάλυψε. «Ξέρω, παρόλο που μοιάζω με τον Τομ Κρουζ...». Το όμορφο γέλιο του διέκοψε το παραλήρημά του. «Κατά βάθος είμαι περισσότερο ένα χωριατόπαιδο που του αρέσει η απλή ζωή».

Γιατί έπρεπε να γελάσει; Ήταν όμορφος κι η αύρα του είχε μια συγκαλυμμένη σεξουαλικότητα. Ήταν εκείνο το είδος του σέξι που δεν το βλέπεις αμέσως, αλλά το νιώθεις όταν σε κοιτάζει, χαμογελάει πονηρά ή απλά στέκεται δίπλα σου με το επιβλητικό του ύψος.

Ωστόσο, η προσγειωμένη συμπεριφορά του με εξέπληξε. Γρήγορα συνειδητοποίησα ότι δεν ήταν από εκείνους τους ανθρώπους που καυχιούνται για το ότι είναι πιλότοι και δε χάνουν ευκαιρία να προωθήσουν τη ζωή τους στο Ίνσταγκραμ. Ακριβώς το αντίθετο. Φαινόταν απλός άνθρωπος, πράγμα που μου προκαλούσε μια αίσθηση γαλήνης και ηρεμίας. Με προσγείωνε. Για να τον εντυπωσιάσω, μάλλον χρειαζόμουν κάτι περισσότερο από καλή εμφάνιση. Μου άρεσε αυτό.

Ένιωθα λες και γνωρίζαμε ο ένας τον άλλον από πάντα. Οικεία. Μια γνώριμη ενέργεια. Κάθε μικρό τυχαίο άγγιγμα μου έφερνε μια ανατριχίλα. Άρχισα να το απολαμβάνω.

Μ' έκανε να θέλω να τον γνωρίσω περισσότερο. Ήταν καλός σ' αυτό. Δεν ήταν δα και χθεσινός στο φλερτ. Η εμπειρία του σε τέτοιες καταστάσεις ήταν ολοφάνερη, αφού δεν κρατιόταν με τα κομπλιμέντα του. Ήταν ολοφάνερο το ενδιαφέρον του για μένα.

Για δείπνο πήγαμε σε ένα μπαρ, όπου έπαιζε ένα συγκρότημα. Ήπιαμε μπύρα, φάγαμε από ένα μπέργκερ και δεν μπορούσαμε να σταματήσουμε να μιλάμε για τα πάντα. Ο Άντι ήταν γοητευμένος από τη στάση μου απέναντι στη ζωή και απ' όλα όσα είχα βιώσει μέχρι εκείνη τη στιγμή.

«Πιστεύεις στον Θεό;» με ρώτησε τελικά.

«Πιστεύω σε μια ενέργεια, ένα είδος παγκόσμιας ψυχής που συνδέει τα πάντα. Την εμπιστεύομαι. Όλα συμβαίνουν για το καλό μου, την κατάλληλη στιγμή. Ακόμα και τα κακά πράγματα. Γιατί ακόμα κι αυτά βγάζουν νόημα στο τέλος. Όταν κοιτάζω τ' αστέρια, κάτι μου συμβαίνει. Έχω την αίσθηση ότι το σύμπαν με κοιτάζει κι αυτό και το νιώθω σαν να είναι κομμάτι μου. Από εκεί

13

προερχόμαστε κι εκεί επιστρέφουμε όταν γινόμαστε ξανά αυτή η ενέργεια, που είναι το ίδιο το σύμπαν. Εσύ πιστεύεις στον Θεό;»

«Σίγουρα πιστεύω σε κάτι μεγαλύτερο από εμάς!» απάντησε απλά.

Κατά την επιστροφή στο ξενοδοχείο κι ενώ στεκόμασταν μπροστά στο ασανσέρ, τον ευχαρίστησα για την υπέροχη μέρα. «Πέρασα πολύ ωραία. Ευχαριστώ για όλα».

«Πράγματι, ήταν πολύ ωραία», συμφώνησε. Καφέ το πρωί;»

Ένευψα χαμογελώντας και μπήκα στο ασανσέρ.

Λίγα λεπτά αργότερα, ο Άντι μου έγραψε στο μήνυμα λέγοντάς μου πόσο πολύ θα ήθελε να κοιμηθεί δίπλα μου. Του είπα ότι θα ήταν ωραία, αλλά όχι εκείνη τη μέρα.

Φυσικά και ήθελε σεξ, χωρίς καμία αμφιβολία. Ήταν ελεύθερος και είχε περάσει μια υπέροχη μέρα με μια γυναίκα που θεωρούσε σέξι και η οποία κοιμόταν στο ίδιο ξενοδοχείο μαζί του. Θα ήταν εύκολο. Και σίγουρα θα είχε επιτυχία αμέτρητες φορές στο παρελθόν.

Ήμουν ρομαντική αλλά όχι αφελής. Ήξερα τι ήθελαν οι άντρες και πώς τσιμπούσαν. Δεν είχα τίποτα εναντίον του σεξ, αντιθέτως, ήμουν ο τύπος γυναίκας που δεν είχε αναστολές. Αλλά το να κοιμηθώ με κάποιον από την πρώτη νύχτα, δεν ήταν ποτέ του στυλ μου.

Κατά βάθος, όμως, ήλπιζα ότι η ιστορία δεν θα σταματούσε εκεί. Είχα γίνει εξαιρετικά περίεργη για το τι μπορεί να σήμαινε εκείνη η έντονη ενέργεια μεταξύ μας. Ήθελα ξεκάθαρα περισσότερα.

Την επομένη, αφού φτάσαμε στο γκαράζ μετά την πτήση της επιστροφής, ευχαριστήσαμε ο ένας τον άλλον για τις υπέροχες στιγμές που είχαμε μοιραστεί. Είχε έρθει η ώρα να πούμε αντίο. Στεκόμασταν κοντά ο ένας στον άλλον.

«Τι μεγάλη έκπληξη που ήσουν σε αυτή την πτήση», είπε. «Ελπίζω να σε ξαναδώ πολύ σύντομα».

Πλησίασα ακόμα πιο κοντά, τόσο ώστε τα σώματά μας να αγγίζονται.

«Ναι, κι εγώ το ελπίζω πραγματικά. Ας κρατήσουμε επαφή».

Ωστόσο, δεν συζητήσαμε το πώς, πού και πότε. Έπρεπε να επιστρέψει στη Γερμανία, καθώς ήταν μετακινούμενος, ενώ εγώ ζούσα στην Ελβετία.

Ύστερα, με τράβηξε κοντά του και με κοίταξε βαθιά μέσα στα μάτια. Εκείνα τα μάτια! Μετά από μόλις είκοσι τέσσερις ώρες είχαν γίνει για μένα τα πιο όμορφα στον κόσμο.

Γύρισε το κεφάλι του προς το μέρος μου. Όταν

15

τα χείλη μας συναντήθηκαν, ένιωσα να ζαλίζομαι. Τι φιλί! Εκείνα τα χείλη. Απαλά και ταυτόχρονα παθιασμένα. Δεν μπορούσαμε να σταματήσουμε. Δεν θέλαμε.

Ακριβώς όταν είχε έρθει η ώρα να πούμε αντίο - κι ένας Θεός ξέρει αν θα ξαναβλέπαμε ποτέ ο ένας τον άλλον- τότε ήταν που το κατάλαβα.

Νομίζω ότι ερωτεύτηκα...

Check-in 3

Messenger. Τι σπουδαία εφεύρεση που κάνει τα πάντα λίγο πιο εύκολα και ανεμπόδιστα. Είναι ευλογία και κατάρα ταυτόχρονα. Αν ο παραλήπτης είναι συνδεδεμένος αλλά δεν απαντάει, περνάς μια κόλαση. Και όταν το πολυπόθητο όνομα εμφανίζεται επιτέλους στην οθόνη, βρίσκεσαι σε άλλον πλανήτη μέσα σε λίγα μόλις δευτερόλεπτα.

Ωστόσο, ο Άντι το έκανε πολύ εύκολο. Δεν χρειαζόταν να περιμένω να επικοινωνήσει μαζί μου. Ξεκίνησε αμέσως την επόμενη μέρα αφότου είπαμε αντίο και δεν σταμάτησε ποτέ. Ήμασταν ακομπλεξάριστοι, αλλά πάνω απ' όλα είχαμε χιούμορ. Μ' έκανε να γελάω.

Πραγματικά απολάμβανα τη μικρή μας περιπέτεια. Ποιος όμως θα φανταζόταν τότε τι θ' ακολουθούσε;

Ήταν ένας ωραίος αντιπερισπασμός σε μια περίοδο κατά την οποία προσπαθούσα να βρω τον δρόμο μου σ' εκείνη τη νέα ζωή.

Ήταν δύσκολο να καταλάβω πια τι ήθελα. Τα πάντα ήταν σε μια κατάσταση επανεκκίνησης. Πώς θα οργάνωνα τη νέα μου ζωή; Τι έπρεπε να κάνω; Ποια ήμουν εγώ σ' εκείνη τη φάση της ζωής μου; Ποιος ήταν ο ρόλος μου; Είχα φτάσει στη σκοτεινή πλευρά της ζωής μου. Όταν ήμουν μικρή, μπορούσα να δω μόνο μέχρι τα σαράντα, αφού από εκεί και πέρα δεν υπήρχε τίποτα άλλο. Υποτίθεται πως θα είχα ήδη πετύχει τα πάντα. Πέρα απ' το σημείο εκείνο, ο κόσμος έμοιαζε απλά σκοτεινός στα μάτια μου. Θεωρούσα πως το θέμα ήταν να ζεις και να απολαμβάνεις τη ζωή που είχες χτίσει μέχρι εκείνη τη στιγμή. Κι εκεί ακριβώς βρισκόμουν τη δεδομένη περίοδο.

Ωστόσο, εκείνο που πίστευα πως θα είχα πετύχει δεν είχε συμβεί. Ούτε καριέρα, ούτε σύζυγος, ούτε σπίτι, ούτε παιδιά. Όταν όμως αναλογίστηκα όσα είχα κι όχι όσα έλειπαν, δεν θα μπορούσα να είμαι πιο ευγνώμων.

Η οικογένειά μου ήταν οι πιο πολύτιμοι άνθρωποι στη ζωή μου. Οι γονείς μου ήταν απίστευτα στοργικοί και τρυφεροί. Όταν τους σκέφτομαι, βλέπω ανθρώπους που θυσιάζονται και αγαπούν άνευ όρων. Στο μυαλό τους είχαν πάντοτε μόνο το συμφέρον μου.

Φυσικά, δεν χάρηκαν που έπρεπε να πάρω διαζύγιο, αλλά ούτε και λυπήθηκαν. Η απάντηση όλων ήταν η ίδια: «Ξέραμε ότι θα συνέβαινε μια μέρα, δεν ήσασταν συμβατοί από την αρχή».

Γνώριζα τους δύο καλύτερους φίλους μου για πάνω από είκοσι χρόνια. Αν πράγματι υπάρχουν πολλές αδελφές ψυχές για τον καθένα μας, τότε

18

εκείνοι ήταν οι δικές μου. Είχαμε ζήσει τόσα πολλά μαζί και στηρίζαμε ο ένας τον άλλον σε κάθε μας βήμα. Παρόλο που ζούσαν μακριά, τους ένιωθα πάντοτε δίπλα μου, στα καλά και στα κακά. Κάθε φορά που βρισκόμασταν, περνούσαμε τις καλύτερες στιγμές. Τέτοιοι φίλοι αξίζουν όλα τα λεφτά του κόσμου.

Ο αδελφός κι η αδελφή μου μού έκαναν δώρο τα πνευματικά μου παιδιά. Θα τους αγαπώ πάντα γι' αυτό. Γεννηθήκαμε στη Γερμανία, αλλά είχαμε βαθιά ελληνικές ρίζες. Τα αδέρφια μου είναι φασαριόζικα, χαοτικά και νευρικά, όπως είναι συχνά τα αδέρφια, αλλά και πολύ πιστά και με μεγάλη καρδιά. Μου χάρισαν δύο ανιψιές κι έναν ανιψιό που σημαίνουν τα πάντα για μένα. Προσπαθώ να διατηρώ μαζί τους μια σχέση φροντίδας και στοργής.

Επίσης, το γεγονός ότι είχα ήδη καταφέρει να εκπληρώσω ένα-δυο όνειρα με γέμιζε ικανοποίηση. Δεν υπήρχε σχεδόν τίποτα στη ζωή μου που να ήθελα να γίνω και να μην το είχα πετύχει.

Ήμουν γνωστή για το ακούραστο πνεύμα μου και για το ότι μπορούσα να κάνω δύο ή τρία πράγματα ταυτόχρονα. Η ζωή μου δεν ήταν ποτέ μόνο διερμηνεία και χορός. Είχα σπουδάσει διοίκηση επιχειρήσεων και είχα δουλέψει σε γραφείο, ενώ κάποτε διατηρούσα εργαστήριο ζαχαροπλαστικής και παράλληλα συμμετείχα σε συγκρότημα. Φυσικά, έπρεπε συχνά ν' αλλάζω δουλειές, αλλά ποτέ δεν το μετάνιωσα. Διεύρυνε τους ορίζοντές μου κι ένιωθα ότι είχα ζήσει πολλές διαφορετικές ζωές. Είχα αναλάβει αμέτρητους ρόλους, γεγονός το οποίο με είχε κάνει ευέλικτη και ευπροσάρμοστη. Δεν είχα βιώσει παιδικά τραύματα ή βαθιές τραγωδίες. Κοιτάζοντας πίσω, η ζωή μου υπήρξε ευλογημένη.

Εκείνη την περίοδο όμως, ένιωθα κουρασμένη κι εξαντλημένη απ' τον ρυθμό με τον οποίο εξελίσσονταν όλα μέχρι εκείνη τη στιγμή. Ήθελα τα πράγματα να είναι πιο ήρεμα και προσγειωμένα.

Στο κατώφλι εκείνου του σκοτεινού, άγνωστου μέρους της ζωής μου, είχα αρχίσει να διαβάζω πολλά για την ενσυνειδητότητα, τη συνείδηση και το σύμπαν από διάφορους συγγραφείς, αλλά και πολλά σχετικά με τον ανθρώπινο προγραμματισμό. Τι σημαίνει αυτό; Πρόκειται για τις ιδέες, τις αξίες και τις προκαταλήψεις που μας μεταδίδονται μέσω της ανατροφής μας, της κοινωνίας και του περιβάλλοντός μας. Αυτά συνήθως κατευθύνουν ασυνείδητα τη ζωή μας σαν ένα πρόγραμμα που λειτουργεί παρασκηνιακά. Επηρεάζουν τις σκέψεις, τις πράξεις και τα συναισθήματά μας.

Εκείνα τα βιβλία με βοήθησαν και μου έδειξαν περίπου την κατεύθυνση που έπρεπε να ακολουθήσω μέσα σ' εκείνο το σκοτάδι. Ήθελα να αφεθώ περισσότερο, να μάθω να ζω στο παρόν, να γίνω πιο προσεκτική και ευγνώμων, να σκέφτομαι πιο θετικά και να εμπιστεύομαι το σύμπαν. Ωστόσο, πώς υποτίθεται ότι θα τα μάθαινα όλα αυτά; Πώς μπορείς άραγε ν' αφεθείς; Πώς επαναπρογραμματίζεις τον εαυτό σου; Πώς εμπιστεύεσαι το σύμπαν;

Το ίδιο εκείνο σύμπαν όμως, δεν άργησε να μου τα δείξει όλα. Πώς έγινε αυτό; Μα, αφού η ίδια η ζωή είναι πάντα ο καλύτερος δάσκαλος.

Ω, και να τη πάλι η δόνηση του κινητού μου!

Ένα μήνυμα απ' τον Άντι.

Check-in 4

Όλα συνέβησαν πολύ γρήγορα. Η γνωριμία μας ήταν σαν ένα τρένο που δεν μπορούσες να σταματήσεις. Τις εβδομάδες που ακολούθησαν, είχα την τύχη να πετάω με τον Άντι πιο συχνά. Το σύστημά μας, στο οποίο μπορούσαμε να εισάγουμε αιτήματα πτήσεων, λειτουργούσε καλά. Πετάξαμε στο Γιοχάνεσμπουργκ, στο Τόκιο, στο Σικάγο, στο Μόντρεαλ, στο Ντουμπάι και στο Μαϊάμι. Ο κόσμος έγινε η προσωπική παιδική μας χαρά. Τα ραντεβού μας δεν γίνονταν στο γωνιακό ιταλικό εστιατόριο, αλλά σε ολόκληρο τον κόσμο. Απολαμβάναμε το καλύτερο φιλέτο και το πιο γευστικό κρασί στη Νότια Αφρική. Δοκιμάζαμε αληθινό σούσι στην Ιαπωνία και παρακολουθούσαμε παραστάσεις του Μπρόντγουεϊ στο Μανχάταν. Πίναμε ποτά στα καλύτερα τζαζ κλαμπ του Σικάγου. Ο ναργιλές στο Ντουμπάι φάνταζε σουρεαλιστικός, όταν μόλις τρεις μέρες πριν περπατούσαμε μαζί στο Σάουθ Μπιτς του Μαϊάμι.

Χορεύαμε στο δωμάτιο του ξενοδοχείου μας κάθε φορά που έπαιζε ένα καλό τραγούδι. Κάναμε πολύωρα αφρόλουτρα μετά από μεγάλες βόλτες. Καθόμασταν αγκαλιά για ώρες, ενώ αναλογιζόμασταν τις εμπειρίες μας και πάντα κοιμόμασταν μπλεγμένοι ο ένας με τον άλλον. Γελούσαμε συνεχώς. Είχαμε τη δική μας αίσθηση του χιούμορ και μοιραζόμασταν προσωπικά αστεία, τα οποία μόνο εμείς καταλαβαίναμε.

Φυσικά, η εργασία σε αεροπλάνο έγινε και για τους δυο μας ο καλύτερος τρόπος να βγάζουμε χρήματα και ταυτόχρονα να διασκεδάζουμε. Κάθε φορά που μας επιτρεπόταν να δουλεύουμε μαζί, η πτήση μετατρεπόταν σε μίνι διακοπές. Η ημέρα που έβγαινε το πρόγραμμα των πτήσεών μας ήταν η πιο συναρπαστική και ταυτόχρονα η πιο αγχωτική ολόκληρου του μήνα, αφού τότε ήταν που ξεκαθάριζε το αν και πού θα πετούσαμε μαζί και, κατ' επέκταση, το αν θα βλέπαμε ο ένας τον άλλον.

Μου έλειπε τις μέρες που δεν μπορούσα να τον δω και πάντοτε ένιωθα τα πόδια μου να τρέμουν, όποτε βρισκόταν κοντά μου. Συναντιόμασταν το βράδυ πριν από κάθε πτήση και περνούσαμε τη νύχτα στο σπίτι μου, όπου τον αποπλανούσα επιστρατεύοντας όλες τις σαγηνευτικές μου ικανότητές.

Φυσικά, υπήρχε και το σεξ. Ήταν εξωπραγματικό. Υπήρχε μια καθαρή αρμονία. Ήταν μια ένωση βαθιά και συγχρόνως παθιασμένη.

Ήταν λες και μας έλεγχε κάτι ανώτερο από εμάς. Αυτό το κάτι ήθελε να μας κάνει ένα χωρίς να μας ρωτήσει. Όπως ένας μαγνήτης που δεν επιτρέπει άλλη κατεύθυνση πέρα από την έλξη. Με παρέσυρε και δεν με άφησε να σκεφτώ τις συνέπειες. Ζούσα μόνο τη στιγμή και ό,τι άλλο ακολουθούσε μετά δεν είχε καμία σημασία.

Το να μοιράζομαι όλα εκείνα τα πράγματα μ' έναν άνδρα που ερωτευόμουν όλο και περισσότερο έμοιαζε με παραμύθι. Ανάμεσά μας είχε αναπτυχθεί μια μαγεία που έκανε κάθε στιγμή ξεχωριστή. Ήταν ένας συνδυασμός της ασυνήθιστης δουλειάς μας, η οποία πρόσφερε μεγάλες εναλλαγές στην καθημερινότητά μας, αλλά και του γεγονότος ότι εναρμονιζόμασταν σε ένα βαθύτερο επίπεδο που δεν μπορούσα ακόμη να εξηγήσω. Οι καρδιές μας είχαν την ίδια συχνότητα. Σαν αδελφές ψυχές. Πώς να μην ερωτευόμασταν;

Έμοιαζε σχεδόν πολύ καλό για να 'ναι αληθινό. Να πετάς σε όλο τον κόσμο ερωτευμένος και να το αποκαλείς δουλειά. Μπορούσε αλήθεια να είναι τόσο εύκολο; Λίγους μόλις μήνες μετά το διαζύγιο; Μπορούσε άραγε να είναι η ανταμοιβή για το θάρρος μου ν' ακούσω την εσωτερική μου φωνή; Τόσο απλά;

Ωστόσο, εκείνη ήταν απλώς η δική μου άποψη για τα πράγματα. Πώς ήταν όμως για εκείνον; Ήταν άραγε ο Άντι το ίδιο ερωτευμένος με μένα; Σίγουρα όλα έτσι έδειχναν. Υπήρχαν όλα τα συστατικά για μια τέλεια ερωτική ιστορία.

Βγαίναμε επί τρεις μήνες όταν σιγά σιγά άρχισε να γεννιέται το ερώτημα: τι ήταν εκείνο που είχαμε μεταξύ μας; Εκείνη η πλευρά του εαυτού μου που επιδίωκε τον προγραμματισμό χρειαζόταν μια απάντηση σ᾽ εκείνο το ερώτημα. Είχε ανάγκη από ασφάλεια. Αναζητούσε μια ετικέτα. Ήταν ο μόνος τρόπος που ήξερα. Γνωρίζεις κάποιον, ερωτεύεστε, μένετε μαζί και όλα τα υπόλοιπα μπαίνουν στη θέση τους. Τόσο απλά. Έτσι ήταν πάντα. Είχα εμπειρία σ᾽ αυτό.

Είχα όμως πετύχει έτσι;

Χωρίς να το σκεφτώ και πολύ, επιδίωξα να κάνω μια συζήτηση μαζί του σχετικά μ᾽ εμάς. Μετά από εκείνη την απίστευτα ονειρική περίοδο που είχαμε ζήσει, τίποτα δεν θα μπορούσε να πάει στραβά. Όλος εκείνος ο ρομαντισμός, η τρυφερότητα και το σεξ δεν θα συνέβαιναν αν δεν υπήρχαν συναισθήματα.

Ήμουν αποφασισμένη να κάνω το πρώτο βήμα χωρίς δισταγμό. Φυσικά, θα ήταν πιο ωραίο αν είχε ξεκινήσει εκείνος τη συζήτηση, αν και ήξερα πόσο «καλοί» είναι οι άντρες σε τέτοιου είδους καταστάσεις.

Όπως αποδείχθηκε, ωστόσο, η συζήτηση εκείνη δεν θα ήταν τόσο απλή όσο ήλπιζα. Παρόλο που μπορούσαμε να μιλάμε επί ώρες για ένα σωρό θέματα, από αστρονομία, κυνήγι και πολιτική, μέχρι καλλιέργεια οπωροφόρων δέντρων και ιστορία, ξαφνικά επέδειξε μια αξιοθαύμαστη απάθεια απέναντι στη φράση «ας μιλήσουμε για εμάς».

Ήταν λες και μια διαταραχή λόγου και ομιλίας προέκυψε από το πουθενά και υψώθηκε σαν τείχος ανάμεσά μας. Η αναπάντεχη αλλαγή της ενέργειας μεταξύ μας μου έφερε έναν κόμπο στον λαιμό που με δυσκόλευε να μιλήσω. Παρ' όλα αυτά, ανάγκασα τον εαυτό μου να το κάνει. Ήθελα να μάθω πού βρισκόμαστε.

«Άντι, αυτό που έχουμε είναι απίστευτα όμορφο και πολύ ξεχωριστό, το νιώθω ήδη μέσα μου παρά το λίγο διάστημα που γνωριζόμαστε. Ξέρω πως κάτι τέτοιο απαιτεί χρόνο, ωστόσο μπορώ ήδη να φανταστώ περισσότερα μαζί σου. Τι έχεις να πεις γι' αυτό;»

Και τότε ήταν που είδα για πρώτη φορά εκείνο το τείχος να υψώνεται ανάμεσά μας.

Ξαφνικά τα πάντα μέσα μου άρχισαν να στριφογυρίζουν. Ολόκληρο το σώμα μου πονούσε απ' το γεγονός ότι είχα πει έστω κι εκείνες τις λίγες λέξεις, ενώ εκείνος δεν είχε πει απολύτως τίποτα. Το μόνο που έκανε ήταν να κοιτάζει τον καφέ του ενώ καθόμασταν στο μπαλκόνι μου εκείνο το καλοκαιρινό μεσημέρι.

«Μπορείς να πεις κάτι σε παρακαλώ;»

26

Σκέφτηκε τα λόγια του πολύ προσεκτικά. «Μάγια, είσαι η πιο όμορφη και υπέροχη γυναίκα που έχω γνωρίσει ποτέ. Μου αρέσει αυτό που έχουμε και μου αρκεί όπως είναι, αφού γενικά δεν έχω τον χρόνο για κάτι πιο σοβαρό. Προς το παρόν, δεν θέλω να δεσμευτώ. Θέλω να μπορώ να οργανώνω τον ελεύθερο χρόνο μου χωρίς να χρειάζεται να λαμβάνω υπόψη μου κανέναν άλλον».

«Δηλαδή αυτό που έχουμε μεταξύ μας είναι απλώς σεξ; Αυτό είναι όλο για σένα;»

«Ακόμα κι αν είναι κάτι παραπάνω, δεν θ' άλλαζε την άποψή μου πως δεν είμαι έτοιμος για κάτι περισσότερο τη δεδομένη στιγμή και δεν μπορώ να σου εγγυηθώ ότι αυτό θα αλλάξει στο άμεσο μέλλον».

Μπαμ!

Τελείωσε τη συζήτησή μας φιλώντας με απαλά. Το άφησα έτσι. Προσπάθησα να κρύψω το σοκ μου. Προσποιήθηκα πως δεν με είχαν προβληματίσει όσα είχε πει και πως εκείνη η σύντομη συζήτηση δεν είχε γίνει ποτέ. Μέσα μου όμως, ένιωθα τεράστια σύγχυση. Όσα είχε πει δεν ταίριαζαν καθόλου με όσα μου έδειχνε και με όσα συνέβαιναν στην πραγματικότητα.

Σηκώθηκε όρθιος. «Δυστυχώς πρέπει να φύγω. Πρέπει να σηκωθώ νωρίς αύριο το πρωί και θέλω να αποφύγω το βραδινό μποτιλιάρισμα. Τα λέμε σύντομα», είπε φιλώντας με.

Μια βαθιά θλίψη φώλιασε μέσα μου καθώς έκλεινα την πόρτα πίσω του. Όταν έμεινα μόνη με τις σκέψεις μου, το μόνο που ένιωθα ήταν αγωνία.

Τα είχα κάνει θάλασσα; Σ' εκείνο το παιχνίδι φαινόταν πια σαν να ήμουν εγώ εκείνη που ήθελε σχέση, ενώ εκείνος όχι. Απ' ό,τι λένε, μόλις δείξεις σ' έναν άντρα ότι τον θέλεις, τον έχεις ήδη χάσει.

Ήμουν θυμωμένη με τον εαυτό μου. Πώς είχα μπορέσει να ερωτευτώ έτσι τόσο σύντομα μετά το διαζύγιό μου; Πώς γινόταν να θέλω σχέση; Εγώ δεν ήμουν εκείνη που ήθελε να είναι ελεύθερη; Υποτίθεται ότι είχα χάσει την πίστη μου στην αγάπη. Αλλά να 'μαι πάλι, έτοιμη να πέσω με τα μούτρα στην επόμενη απογοήτευση.

Γιατί όμως; Μήπως επαναλάμβανα ένα παλιό μοτίβο; Μήπως ερωτευόμουν πολύ γρήγορα; Τι πήγαινε λάθος με μένα; Κι εκείνο το «μου αρέσει αυτό που έχουμε, αλλά δεν θέλω περισσότερα!» Τι σήμαινε πάλι εκείνο; Όλα τα προηγούμενα χρόνια με είχαν διδάξει ότι τα πράγματα δεν λειτουργούν έτσι. Κάτι τέτοιο δεν θα εξελισσόταν καλά.

Ένας άντρας που δεν ήθελε να δεσμευτεί και ήταν και πιλότος... Κόκκινες σημαίες παντού! Το να πληγωθώ θα ήταν αναπόφευκτο.

Ή είσαι με κάποιον ή δεν είσαι. Όλα τ' άλλα δεν

28

είναι παρά μόνο σεξ. Εκείνο που είχαμε όμως, έμοιαζε τόσο διαφορετικό. Δεν ήταν ούτε το ένα ούτε το άλλο. Αλλά τότε τι ήταν; Από που προέκυπτε εκείνη η μαγεία μεταξύ μας; Ήταν άραγε όλα μέσα στο μυαλό μου;

Έπρεπε να βρω απαντήσεις σε όλες εκείνες τις ερωτήσεις. Έγινα περίεργη.

Παρ' όλες τις αμφιβολίες μέσα μου, η εσωτερική φωνή που με είχε καθοδηγήσει μέχρι εκείνη τη στιγμή στη νέα μου ζωή, ήταν πάλι εκεί. Το ένστικτό μου είχε πάντα δίκιο. Η καρδιά μου μού φώναζε σαν να προσπαθούσε να με πείσει.

Δεν θέλει σχέση; Και λοιπόν; ΕΣΥ θέλεις σχέση;
Γιατί να θέλεις σχέση;

Μέχρι τότε, ο παραδοσιακός τρόπος που υπαγόρευε η κοινωνία, τα μυθιστορήματα, η μουσική και οι ταινίες της Ντίσνεϊ δεν είχε δουλέψει για μένα. Αφού τίποτα απ' όλα εκείνα δεν είχε πετύχει, γιατί να μην δοκίμαζα μια διαφορετική προσέγγιση; Απλά να το ρισκάρω χωρίς κάποιον απώτερο στόχο και ν' απολαύσω το ταξίδι.

Γιατί, πώς θα μπορούσε κάτι τόσο υπέροχο όσο η σύνδεση που είχαμε με τον Άντι να ήταν λάθος; Όποια κι αν ήταν η αλήθεια, ένα πράγμα ήταν σίγουρο:

29

Ο παράδεισος μαζί του ήταν πολύ όμορφος για να φοβάμαι την κόλαση που μπορεί ν' ακολουθούσε.

Check-in 5

Όπως ήταν αναμενόμενο, η έντασή μου μετά από εκείνη τη συζήτηση ήταν τεράστια. Μήπως είχε αλλάξει κάτι; Ήθελε άραγε ακόμα να με δει; Ήμουν επίσης σίγουρη πως αναρωτιόταν αν θα έφευγα, αφού είχε γίνει σαφές ότι δεν αναζητούσε σταθερή σχέση.

Στο μεταξύ περιμέναμε να δημοσιευτεί το πρόγραμμα των πτήσεων, συνεπώς δεν ήξερα αν επρόκειτο να πετάξουμε μαζί. Ήταν αβέβαιο αν θα ξαναβλέπαμε ποτέ ο ένας τον άλλον.

Ωστόσο, δεν υπήρχε κανένα σημάδι υποχώρησης. Ο Άντι εξακολουθούσε να επικοινωνεί μαζί μου τακτικά, ήταν λες και η συζήτηση δεν είχε συμβεί ποτέ. Τι ανακούφιση! Διπλή μάλιστα. Πρώτον, ήξερα πλέον τι συνέβαινε και δεύτερον, δεν είχε αλλάξει τίποτα μεταξύ μας.

Παρ' όλα αυτά, οι μέρες που ακολούθησαν δεν ήταν εύκολες. Στο μυαλό μου ερχόταν η μία ερώτηση μετά την άλλη. Σήμαινε μήπως ότι ήμασταν ελεύθεροι να βγαίνουμε και μ' άλλους; Κοιμόταν άραγε και με άλλες γυναίκες; Πιθανόν. Διαφορετικά, γιατί να ήθελε να μείνει αδέσμευτος; Οπότε, προφανώς ήταν εντάξει να βγαίνουμε και μ' άλλους.

Ωστόσο, δεν χαιρόμουν ιδιαίτερα μ' εκείνη την προοπτική. Στην πραγματικότητα δεν μ' ενδιέφερε καθόλου. Είχαν συμβεί ήδη πάρα πολλά εκείνο το διάστημα. Αρχικά έπρεπε να βάλω σε τάξη τον εαυτό μου. Έπειτα ακολούθησε το διαζύγιο, η μετακόμιση, η απομάκρυνση από φίλους και οικογένεια...

Έτσι, άφησα το κοινόχρηστο διαμέρισμα και μετακόμισα σε μεγαλύτερο. Χρειαζόμουν τους δικούς μου τέσσερις τοίχους και τον δικό μου ιδιωτικό χώρο. Τόσο εξωτερικά όσο και εσωτερικά. Χρειαζόμουν χρόνο να σκεφτώ. Έπρεπε ν' ανακαλύψω τι ήθελα και ποια ήμουν πραγματικά.

Δεν ήξερα πια τι ήταν σωστό να θέλω. Όλοι γύρω μου έμοιαζαν να ξέρουν ακριβώς πού πήγαιναν και τι ήθελαν να πετύχουν. Ωστόσο, εγώ είχα ήδη πετύχει όλα όσα ήθελα κάποτε. Η ζωή μου έμοιαζε πλέον με άδειο ποτήρι και δεν είχα ιδέα με τι να το γεμίσω.

Αισθανόμουν, όμως, ότι θα ήταν κάτι με νέα γεύση. Κάτι που δεν θα είχα δοκιμάσει ποτέ πριν. Κι αφού δεν ήξερα τι ακριβώς να περιμένω, έπρεπε να μάθω να αφήνομαι. Να σταματήσω να ελέγχω το τι θα έμπαινε τελικά μες στο ποτήρι. Έπρεπε ν' αφεθώ και να μην καθοδηγώ εγώ τη ζωή μου, αλλά ν' αφήσω τη ζωή να με καθοδηγήσει.

Ήταν μια πολύ μοναχική και δύσκολη, αλλά αναγκαία περίοδος. Κανείς δεν με είχε προειδοποιήσει για κάτι τέτοιο.

Δεν ήταν μόνο η σιωπή της μοναξιάς που με βοήθησε ν' ακούσω τον εαυτό μου, αλλά και η φύση. Έγινε η καλύτερή μου φίλη και θεραπεύτρια. Μια βόλτα στο δάσος με τα πολυποίκιλα χρώματά του, το μαλακό έδαφος, το ελαφρύ αεράκι και τη βαθιά σιωπή, μου έκανε καλό. Αποζητούσα εκείνη την ιδιαίτερη ώρα που το φως του ήλιου αγγίζει το έδαφος μέσα από τις κορυφές των δέντρων δημιουργώντας ένα φάσμα φωτός και σκιών, το οποίο σε κάνει να σταματήσεις και να ζήσεις απλά τη στιγμή. Με γείωνε και συγχρόνως μου αποκάλυπτε την ομορφιά και το μεγαλείο του κόσμου.

Την ώρα που βρισκόμουν σε διαδικασία ανακάλυψης της πραγματικής ομορφιάς στη ζωή μου, η ίδια η φύση μου έδινε τα δικά της πραγματικά παραδείγματα. Η ομορφιά κρυβόταν στην απλότητα των πραγμάτων και δεν χρειαζόταν παρεμβάσεις. Ιδίως ο έναστρος ουρανός, τον οποίο μπορούσα να ατενίζω για ώρες τα βράδια, με γέμιζε μ' ένα αίσθημα βαθιάς ευγνωμοσύνης που δεν είχα νιώσει ποτέ πριν. Ήταν μια αίσθηση τόσο βαθιά και ειλικρινής που μου έφερνε ευτυχία, ενώ ταυτόχρονα έδιωχνε κάθε αρνητική σκέψη. Όταν κοιτούσα ψηλά τα βράδια, το άπειρο του σύμπαντος μ' έκανε να είμαι παρούσα, να απολαμβάνω τη στιγμή και να είμαι ευγνώμων για όλα όσα είχα, όχι όσα μου έλειπαν. Ακριβώς όπως και με τον Άντι.

Απολαμβάναμε την κάθε στιγμή ανεξαρτήτως διάρκειας. Σημασία είχαν τα όσα ζούσαμε και ο τρόπος που φερόμαστε ο ένας στον άλλον. Ό,τι κι αν ήταν εκείνο που είχαμε, ήταν υπέροχο, οπότε επικεντρώθηκα στις όμορφες στιγμές που μοιραζόμουν μαζί του κι όχι σε όσα μπορεί να στερούμουν. Μου προκαλούσε συναισθήματα που δεν ήθελα να σταματήσουν.

Δυστυχώς, όμως, δεν τα κατάφερνα πάντα το ίδιο καλά. Ταλαντευόμουν σαν μεθυσμένη κι έπεφτα επανειλημμένα απ' τα ψηλά στα χαμηλά. Όποτε ένιωθα ευγνώμων και ζούσα συνειδητά τη στιγμή, αισθανόμουν η πιο ευτυχισμένη γυναίκα στον κόσμο. Όταν όμως άρχιζα να το αναλύω, αμφισβητούσα τα πάντα.

Χρειάστηκε να δουλέψω πάνω στον εαυτό μου. Έψαξα μέσα μου και κοίταξα κατάματα όσα αρνητικά συναισθήματα υπήρχαν εκεί. Αναρωτήθηκα από πού προέρχονταν και γιατί ήταν εκεί.

Πέρασα ώρες παρέα με τα βιβλία του Έκχαρτ Τόλε. Ακριβώς όπως η φύση, με βοήθησαν να ξεπεράσω εκείνη την περίοδο, κατά την οποία υπήρχαν τόσα πολλά νέα πράγματα να μάθω, τόσο για τον εαυτό μου όσο και για την ίδια τη ζωή. Πρώτα, όμως, έπρεπε ν' αδειάσω μέσα μου προκειμένου να μπορέσω να προσελκύσω νέα πράγματα. Ν' αφήσω πίσω μου τις παλιές απόψεις. Να κατανοήσω το εγώ που πάντα πιστεύει πως αξίζει περισσότερα από αυτά που ήδη έχει. Να παρατηρήσω τις σκέψεις μου. Να τις καλωσορίσω κι έπειτα να τις αφήσω να φύγουν, όπως τα σύννεφα στον ουρανό που εμφανίζονται κι εξαφανίζονται ξανά και ξανά.

Συνειδητοποίησα πόσο ελάχιστα είμαστε συνδεδεμένοι με τον αληθινό μας εαυτό και πόσο μεγάλο μέρος της ζωής μας βασίζεται τελικά στον προγραμματισμό μας.

Είχα μια συγκεκριμένη ιδέα για το πώς θα έπρεπε να είχε κυλήσει η ζωή μου. Αντ' αυτού, διένυα μια περίοδο που ούτε καν πλησίαζε τα όσα είχα ονειρευτεί. Κι όμως αισθανόμουν πιο αληθινή από ποτέ.

Ο ενθουσιασμός και το ενδιαφέρον μου φούντωναν όσο περισσότερο επέτρεπα να αναδυθούν εκείνες οι νέες πλευρές του εαυτού μου. Ένιωθα περιέργεια και έλξη για έναν άνθρωπο με τον οποίο φαινόταν πως δεν υπήρχε κανένα μέλλον. Παρ' όλα αυτά, αισθανόμουν ζωντανή. Είχε καταφέρει ν' ανάψει μια νέα φωτιά μέσα μου. Ήταν ξεκάθαρο πως εκείνη η φωτιά θα μ' έκαιγε. Ίσως, όμως, άξιζε να ρισκάρω για το αντίθετο. Τι αν τα πράγματα εξελίσσονταν διαφορετικά; Τι αν όλα πήγαιναν καλά;

WHAT IF I FALL? OH, MY DARLING WHAT IF YOU FLY?

(«Κι αν πέσω;» - «Ω, αγάπη μου, κι αν πετάξεις;»)

37

Check-in 6

Οι φίλοι μου δεν ήταν και τόσο ενθουσιασμένοι με το νέο μου φλερτ. Τους είχα μιλήσει για τις υπέροχες εμπειρίες μου με τον Άντι, ωστόσο με προειδοποίησαν για τον πόνο που θα ένιωθα όταν θα τελείωνε η ιστορία μας. Καταλάβαινα. Πάντοτε θέλουμε μόνο το καλύτερο για τους αγαπημένους μας.

Προσπαθούσα να τους εξηγήσω τον τρόπο σκέψης μου. «Αφού δεν ξέρω τι ακριβώς θέλω αυτή τη στιγμή, η ζωή πρέπει να πάρει τα ηνία και να με καθοδηγήσει μόνη της. Ειλικρινά, αισθάνομαι πως με σπρώχνει προς αυτή την κατεύθυνση. Δεν ξέρω γιατί, αλλά κάτι μου λέει πως πρέπει να το κάνω αυτό. Το πιο σημαντικό είναι ότι φερόμαστε ο ένας στον άλλον με σεβασμό και δεν δίνουμε ψεύτικες υποσχέσεις, κάτι που λείπει από τις περισσότερες σχέσεις που ξέρω. Μου φέρεται καλύτερα από οποιονδήποτε άλλον άνδρα που ήθελε δέσμευση. Αν όλες οι προηγούμενες σχέσεις που φαίνονταν τόσο αληθινές στην αρχή απέτυχαν στο τέλος, τότε δεν υπάρχει εγγύηση για τίποτα. Όλα είναι πιθανά! Κι αν ο προορισμός καθαυτός δεν έχει σημασία και το θέμα είναι το ίδιο το ταξίδι;»

Συνέχιζαν να με ρωτούν. «Επομένως, έχετε

ανοιχτή σχέση;»

«Η λέξη σχέση δεν έχει χρησιμοποιηθεί καν ακόμα. Δεν υπάρχει κανενός είδους σχέση. Εμείς απλά ΕΙΜΑΣΤΕ».

«Μα αυτός είναι ο ορισμός της ανοιχτής...»

«Όχι», τους διέκοπτα, «γιατί σε μια ανοιχτή σχέση είναι σαφές και στα δύο μέρη ότι είναι ανοιχτή, θέτουν και οι δύο τους κανόνες και συμφωνείται με αυτόν τον τρόπο και από τις δύο πλευρές. Δεν θα δεχόμουν μια ανοιχτή σχέση. Κι εκείνος δεν θέλει να δεσμευτεί. Νομίζω ότι είμαστε σαν ένα μωρό που περιμένει να του δοθεί ένα όνομα. Ίσως το σωστό όνομα για εμάς να μην έχει ακόμα επινοηθεί».

Καθώς προσπαθούσα να εξηγήσω τη θέση μου, συνειδητοποιούσα πόσο παράλογα ακούγονταν όλα. Κι όμως ανάγκασα τον εαυτό μου να τα πιστέψει, να παραμείνει θετικός και να παίξει με τη ζωή που ξεδιπλωνόταν μπροστά στα μάτια μου. Εξάλλου, είχα μια καρδιά ν' ακολουθήσω, η οποία έδειχνε προς μία μόνο κατεύθυνση, όχι έναν προορισμό. Έβλεπα μόνο το επόμενο βήμα, όχι ολόκληρο το μονοπάτι. Όπως ένας φακός που λαμπυρίζει μέσα στην ομίχλη.

Πώς μπορούσα, όμως, να ξέρω ότι μιλούσε η καρδιά μου και πως όλα εκείνα δεν ήταν απλώς ευσεβείς πόθοι; Αφού γνώριζα πολύ καλά την εσωτερική μου φωνή. Χτυπούσε την πόρτα στο υποσυνείδητό μου. Ήταν απαλή, ήρεμη, αλλά ταυτόχρονα επιβλητική.

Η εσωτερική φωνή δημιουργεί πάντοτε μια δόνηση σε ολόκληρο το σώμα που σε κάνει να αισθάνεσαι όμορφα, αρκεί να της δώσεις την κατάλληλη προσοχή. Συχνά, είναι ένα ένστικτο ή μια αυθόρμητη παρόρμηση ένα συναίσθημα κι όχι μια πραγματική φωνή. Αντιθέτως, οι ευσεβείς πόθοι αφήνουν πάντα ένα μικρό τσίμπημα και μια πικρία κάπου βαθιά στο στομάχι.

Ωστόσο, μπορεί να είναι πολύ δύσκολο να διακρίνει κανείς μεταξύ των δύο. Χρειάζεται να έχει κανείς ανοιχτή και δεκτική καρδιά. Να είναι παρών στη στιγμή. Να δείχνει προσοχή κι εμπιστοσύνη. Να είναι συνδεδεμένος με τον εαυτό του και προφανώς να διαθέτει κάποια εμπειρία ζωής. Και τότε έρχεται κάποια στιγμή που η διαφορά γίνεται αισθητή, καθώς στην πορεία βιώνει κανείς ποικίλα παραδείγματα αυτής της εμπειρίας.

Αυτή η εσωτερική πυξίδα είναι πολύ χρήσιμη στη ζωή, κι όμως υπάρχουν άνθρωποι που δεν έχουν ακούσει ποτέ την καρδιά τους ή την αγνοούν συνεχώς. Δεν είμαστε υποχρεωμένοι να την ακολουθήσουμε· κανείς δεν μας αναγκάζει να το κάνουμε. Πάντα υπάρχει η επιλογή. Για την ακρίβεια, είναι πιο εύκολο να μην ακολουθήσει κάνεις την καρδιά του, γιατί τότε δεν θα χρειάζεται να ασχοληθεί πραγματικά με τον εαυτό του.

Για μένα, η αποκάλυψη είχε συμβεί καιρό πριν. Έτσι κι αλλιώς, μετά την απόφαση να διαλύσω τον γάμο μου, μόνο ένα πράγμα είχε πια το πάνω χέρι: η καρδιά μου. Σύντομα θα αποδεικνυόταν αν ήμουν πραγματικά καλή στο να την διαβάζω. Θα το μάθαινα σίγουρα. Ή μήπως όχι; Λίγο μέρες μετά από εκείνη την κουβέντα με τον Αντί, μιλούσα στο τηλέφωνο με μία συνάδελφό μου. Ενώ κουβεντιάζαμε για τα τελευταία νέα, της μίλησα για τον νέο μου έρωτα. Με γείωσε απότομα.

«Μισό λεπτό, ποιο είναι το επώνυμο του Άντι;»

«Βέμπερ. Γιατί; Τον ξέρεις;»

Έμεινε σιωπηλή για λίγο κι έπειτα συνέχισε. «Μια άλλη συνάδελφός μου, επίσης αεροσυνοδός, βγαίνει μαζί του εδώ και αρκετό καιρό».

Μέσα σε μια στιγμή, με κατέλαβε πανικός. Δεν μπορούσα ν' αναπνεύσω. Διήρκησε μόλις λίγα δευτερόλεπτα, αλλά μου φάνηκε σαν αιωνιότητα.

Ρώτησα αν ήταν μαζί. «Όχι», απάντησε αμέσως. Ο Άντι δεν ήθελε σχέση. Φαινόταν να είναι το είδος του τύπου που απλά ζούσε τη ζωή του και είχε διάφορα φλερτ ταυτόχρονα.

Φυσικά, για να μη φανώ αφελής, βιάστηκα να επιβεβαιώσω ότι το γνώριζα και πως ήταν ακριβώς ό,τι χρειαζόμουν τη δεδομένη στιγμή, αφού ούτε εγώ ήθελα κάτι μόνιμο λίγο μετά το διαζύγιό μου.

Θεωρητικά δεν έλεγα ψέματα, αλλά γιατί έκαιγε τόσο πολύ το στήθος μου όση ώρα μιλούσα; Ήταν τελείως διαφορετικό ν' αντικρύζεις την αλήθεια κατάματα τελικά.

Λίγες μέρες μετά, η συνάδελφός μου, μού είπε πως η συμπεριφορά του Άντι προφανώς δεν ήταν γνωστή στην άλλη γυναίκα, οπότε εκείνη τον εγκατέλειψε, όπως θα έκανε κάθε λογική γυναίκα.

Αναρωτήθηκα τι σήμαιναν όλα εκείνα και πόσες άλλες άραγε υπήρχαν. Γαμώτο, ήταν αλήθεια - κοιμόμουν μ' έναν άντρα που μάλλον έκανε σεξ και μ' άλλες.

Πότε στο διάολο προλάβαινε; Το πρόγραμμα του ελεύθερου χρόνου του ήταν πάντα γεμάτο με τα εκατοντάδες χόμπι του. Ήξερα, όμως, τι πραγματικά έκανε όταν δεν ήταν μαζί μου; Ίσως το σεξ να ήταν κι εκείνο ένα απ' τα χόμπι του.

Και συγγνώμη, πώς το ξέχασα; Ήταν πιλότος! Ήταν τόσο απλό. Έτσι γνωριστήκαμε. Είχα επίγνωση του ότι μπορούσε να γνωρίσει κι άλλες γυναίκες με τον ίδιο τρόπο κι όμως δεν αισθανόμουν φόβο. Ό,τι είχαμε ήταν πολύ όμορφο για κάτι τέτοιο.

Αλλά για μισό λεπτό. Ήταν άραγε και με τις άλλες όπως ήταν μαζί μου; Δεν μπορεί να ήμουν μόνο εγώ ερωτευμένη. Σίγουρα ήταν κι εκείνος ερωτευμένος, γαμώτο, δεν γινόταν να κάνω τόσο λάθος!

Από την άλλη πλευρά, ένας ερωτευμένος άντρας δεν θα συμπεριφερόταν έτσι, σωστά; Τουλάχιστον όχι σύμφωνα με την Ντίσνεϊ. Έβρισκα διάφορες δικαιολογίες. Ήμουν σίγουρη ότι ήταν μόνο σεξ με τις άλλες. Ήθελε να μαζέψει εμπειρίες, να εκτονωθεί. Όλοι έχουμε περάσει απ' αυτή τη φάση. Πιθανότατα χρειαζόταν προσοχή κι επιβεβαίωση.

Ναι, αυτό θα ήταν! Κι ήταν απολύτως κατανοητό. Μπορούσα να το καταλάβω. Άλλωστε υπήρξε ειλικρινής όσον αφορά τις προθέσεις του.

Ωστόσο, εξακολουθούσε να είναι μια δύσκολη κατάσταση. Πώς μπορούσε να είναι τόσο τρυφερός μαζί μου και συγχρόνως να συνεχίζει να αισθάνεται την ανάγκη να γνωρίσει κι άλλες; Μήπως δεν ήμουν αρκετά καλή; Τι του έλειπε από μένα που αναζητούσε σε άλλες; Μήπως έφταιγα εγώ;

Χιλιάδες σκέψεις περνούσαν απ' το μυαλό μου. Πώς έπρεπε να συμπεριφερθώ; Ήθελα ακόμα να τον συναντήσω; Θα μπορούσα να τον δω μετά απ' όσα είχα μάθει πια με βεβαιότητα;

Είχε πει απ' την αρχή ότι δεν ήθελε κάτι μόνιμο και δεν είχα πρόβλημα, καθώς δεν ήξερα τι πραγματικά χρειαζόμουν σ' εκείνο το στάδιο της ζωής μου. Χωρίς αμφιβολία, όμως, ήμουν ερωτευμένη.

Ή μήπως δεν ήμουν; Μήπως ήμουν απλά ερωτευμένη με την ιδέα να είμαστε μαζί;

Αν ήταν έτσι, όμως, γιατί πόνεσε τόσο πολύ εκείνη η επιβεβαίωση της πραγματικότητας που ήδη γνώριζα;

Ίσως οι φίλοι μου να είχαν δίκιο. Ίσως ήταν η ώρα να ξεμπλέξω από εκείνη την κατάσταση πριν επενδύσω συναισθηματικά σε κάτι που θα πονούσε ακόμα περισσότερο αργότερα.

Check-in 7

Δεν είχε κάνει τίποτα κακό. Ακριβώς το αντίθετο. Δεν είχε υποσχεθεί τίποτα που δεν μπορούσε να τηρήσει. Κι όμως έπρεπε να αποστασιοποιηθώ συναισθηματικά. Έπρεπε πρώτα να βρω έναν τρόπο να αντιμετωπίσω την κατάσταση στο μυαλό μου για να μπορέσω να απολαύσω τον κοινό μας χρόνο χωρίς ανησυχίες.

Θα μπορούσα άραγε να το ξανακάνω ποτέ; Κάθε φορά που είχε πτήση, αναρωτιόμουν αν θα την έπεφτε σε κάποια άλλη αεροσυνοδό. Έλεγα στον εαυτό μου: Μάγια, άφησέ το. Ήταν μερικοί καλοί μήνες και τώρα τελείωσε. Δεν μπορείς και δεν πρέπει να συνεχίσεις έτσι.

Δεν του είπα τι είχα ακούσει. Δεν ήθελα να μάθει πως είχαν φτάσει σε μένα εκείνες οι πληροφορίες. Διότι αν συνέχιζα να τον βλέπω, το μόνο που θα σήμαινε είναι ότι ήμουν αρκετά ηλίθια για ν' αφήσω να μου συμβεί κάτι τέτοιο. Δεν ήθελα να φαίνομαι σαν εκείνες που ξέρουν και παρ' όλα αυτά μένουν. Έτσι είχα μόνο δύο επιλογές:

1. να το τελειώσω

ή

2. να συμβιβαστώ με το γεγονός και να το

απολαύσω για όσο θα διαρκούσε.

Μέχρι εκείνη τη στιγμή ήταν σαφές ότι η πτήση για Γιοχάνεσμπουργκ ήταν στο πλάνο μας και συνεπώς έπρεπε να πάρω μια απόφαση. Επιλογή νούμερο ένα ή δύο;

Κάτι μέσα μου ήθελε να συνεχίσει μαζί του, επομένως έπρεπε να βρω έναν τρόπο να το κάνω. Έμεινα έτσι για μέρες, καθώς πάλευα με τις σκέψεις, τους φόβους και τα συναισθήματά μου.

Αφού το θέμα δεν ήταν πλέον η ανεύρεση του επόμενου συζύγου ή πατέρα των παιδιών μου, αναθεώρησα τα προηγούμενα κριτήριά μου.

Ήθελα να ξαναπαντρευτώ; Ίσως.

Παιδιά; Μάλλον όχι.

Αγαπούσα τα παιδιά. Αλλά το να αναζωπυρώσω την επιθυμία μου να γίνω μητέρα λίγο πριν τα σαράντα μου και να γυρίσω ολόκληρη τη ζωή μου ανάποδα, η οποία ούτως ή άλλως βρισκόταν ήδη εν μέσω αναταραχής, δεν μου φαινόταν σωστό. Καθώς περνούσαν τα χρόνια, η επιθυμία μου να γίνω μητέρα είχε εξασθενίσει αργά και σταθερά. Αγαπούσα πλέον την ελευθερία που πρόσφερε μια ζωή χωρίς παιδιά.

Και ναι, ποιος θα το φανταζόταν; Τελικά η ζωή είχε νόημα ακόμα και χωρίς παιδιά. Πόσες φορές έπρεπε ν' ακούσω ότι το να γίνεις μητέρα είναι μια μοναδική εμπειρία που δεν πρέπει να χάσεις; Είναι η μεγαλύτερη και πολυτιμότερη αγάπη απ' όλες, και αν δεν την ζήσεις, χάνεις το πιο όμορφο κεφάλαιο στη ζωή μιας γυναίκας. Χωρίς την άνευ όρων αγάπη του δικού σου παιδιού, θεωρείσαι ελλειπής.

Ίσως να ήταν αλήθεια. Αλλά τι γίνεται με την εμπειρία μιας άτεκνης ζωής; Μπορεί να είχα χάσει την εμπειρία της μητρότητας, αλλά κι οι μητέρες είχαν χάσει τις δικές μου εμπειρίες. Εκείνες που έχουν παιδιά συχνά κοιτούν με ζήλια εμένα και τη ζωή που μπορώ να ζήσω ως αποτέλεσμα της ελευθερίας μου, ενώ εγώ κοιτάζω τις δική τους ειδυλλιακή, οικογενειακή ζωή.

Και τα δυο έχουν τη θέση τους, το νόημά τους και την ομορφιά τους. Κάθε πλευρά έχει τα θετικά και τα αρνητικά της. Κι όμως, στην κοινωνία μας η μια πλευρά πρέπει να εξηγείται συχνότερα απ' την άλλη, ενώ τείνει να εισπράττει το βλέμμα του οίκτου, τη σφραγίδα της μοναξιάς και της αποτυχίας. Κακώς, κατά τη γνώμη μου.

Αν λοιπόν δεν υπήρχε κάποιος απώτερος στόχος για μένα και τον Άντι κι ο χρόνος που περνούσαμε μαζί ήταν τόσο υπέροχος, ποιος ήταν ο λόγος να μην συνεχίσουμε;

Σαφώς: ο εγωισμός μου.

Το ότι δεν ήμουν η μόνη στη ζωή του. Το ότι δεν

θα είχα καμία ασφάλεια. Κανένα σίγουρο μέλλον. Το να είμαι πίστη θα ήταν εύκολο για μένα, δεν θα είχα κανένα πρόβλημα, αλλά ο Άντι πιθανότατα θα συνέχιζε να με κερατώνει.

Σε όλες τις προηγούμενες σχέσεις μου, όπως και στον γάμο μου, η απιστία δεν υπήρξε ποτέ πρόβλημα. Παρ' όλα αυτά, δεν είχαν κρατήσει γι' άλλους λόγους. Πάντα υπήρχε κάτι που αποδείκνυε πως δεν ήταν γραφτό να παραμείνουμε μαζί.

Χάρη στην ελληνική ανατροφή μου, ήξερα ότι οι άνδρες λειτουργούν διαφορετικά απ' τις γυναίκες. Για πολλά χρόνια δεν ήθελα να το πιστέψω, αλλά στην πραγματικότητα το περιβάλλον μου μού είχε αποδείξει ότι όντως υπήρχαν διαφορές. Στις περισσότερες περιπτώσεις, η απιστία ήταν πιο παρορμητική αντίδραση για τους άνδρες και πιο συναισθηματική για τις γυναίκες.

Πάντα δυσκολευόμουν να πιστέψω ότι μπορεί κανείς να κοιμάται με το ίδιο άτομο επί σαράντα χρόνια. Δεν θα μπορούσα ποτέ να προσφέρω κάτι καινούριο σ' έναν άνδρα. Κανένα νέο σώμα, καμία νέα περιπέτεια. Μόνο τα ίδια.

Η ζωή είναι δυναμική, δεν σταματάει ποτέ. Γνωρίζεις νέους ανθρώπους κι αισθάνεσαι έλξη. Κι όμως, η απιστία είναι απαγορευτικό κριτήριο στην κοινωνία μας, ακόμα κι αν η αγάπη επικρατεί. Γιατί, όπως λένε, τότε δεν είναι αγάπη.

48

Ωστόσο, ξέρουμε ότι υπάρχει διαφορά ανάμεσα στον πόθο και την αγάπη. Πόθος είναι αυτό που συμβαίνει στην αρχή. Η αγάπη, αντιθέτως, αναπτύσσεται με την πάροδο του χρόνου. Ακόμα κι αν η αγάπη αναπτύσσεται με τον καιρό, αυτό δεν εμποδίζει το να αισθάνεται κανείς πόθο και γι' άλλους ανθρώπους.

Κι αν ο πόθος μπορούσε να διαχωριστεί απ' την αγάπη; Κι αν είναι δυνατόν ν' αγαπάς κάποιον, αλλά να ποθείς κάποιον άλλον; Είναι μια αηδιαστική σκέψη, σωστά; Αυτό δεν συμβαίνει σε μια καλή σχέση.

Ή μήπως συμβαίνει; Από την αρχή, ο περίγυρός μου θεωρούσε πως προσπαθούσα να προσαρμόσω τα πάντα γύρω μου μόνο και μόνο για να τον ευχαριστήσω. Μήπως το έκανα όντως; Ναι, φυσικά και το έκανα. Κι αν, όμως, η προσαρμογή εκείνη ήταν σημαντική όχι για 'κείνον αλλά για μένα; Συνέχιζα να φιλοσοφώ. Είχα μαζέψει όλες τις αξίες μου και τις είχα βάλει στο μπλέντερ του μυαλού μου για να δω τι θα έβγαινε στο τέλος. Πειραματιζόμουν με τις σκέψεις μου και προσπαθούσα να επικεντρωθώ σε όποια καθοδήγηση μου έδινε η καρδιά μου. Ίσως αυτό να με βοηθούσε να πάρω μια απόφαση.

Ίσως τελικά η πίστη να ήταν απλώς μια υπερεκτιμημένη ψευδαίσθηση. Να χρησιμεύει μόνο στο να προσφέρει μια αίσθηση ασφάλειας που κανείς δεν μπορεί να εγγυηθεί στην πραγματικότητα. Μια ικανοποίηση του εγώ μας.

Πολύ πιο σημαντική είναι η ελευθερία που προσφέρεις στο άτομο που αγαπάς. Η ελευθερία να αποφασίσει το ίδιο τι το γεμίζει πραγματικά. Ίσως είναι πιο σημαντικό να μην επιμένει κανείς τόσο πολύ όσον αφορά την πίστη. Αν χρειάζεται πίστη για να εμπιστευτείς κάποιον, τότε ίσως θα πρέπει να διερωτηθεί κανείς για την αγάπη του για το συγκεκριμένο άτομο. Για να εμπιστευτείς κάποιον χρειάζεται μόνο ένα πράγμα: αγάπη.

Θα τολμούσα μάλιστα να πω ότι η εμπιστοσύνη αποτελεί επίσης μια ψευδαίσθηση, όπως και η πίστη. Η εμπιστοσύνη βασίζεται στις προσδοκίες. Με άλλα λόγια, εμπιστευόμαστε κάποιον μόνο αν κάνει κάτι συγκεκριμένο. Πάντα υπάρχουν συγκεκριμένες προϋποθέσεις για να εμπιστευτεί κανείς. Αποτελούν τον προστατευτικό μηχανισμό μας ώστε να μην πληγωθούμε. Ωστόσο, ποιο είναι το νόημα της πίστης και της εμπιστοσύνης, αν η υπόλοιπη σχέση είναι χάλια;

Αν έχει κανείς μια όμορφη σχέση, η οποία, όμως, αφήνει ρευστές τις έννοιες της πίστης και της εμπιστοσύνης, δεν θα ήταν αποδεκτή; Είναι άραγε αυτά τα στοιχεία που καθορίζουν μια καλή σχέση; Εμπιστευόμουν απόλυτα τον Άντι ως άνθρωπο, αλλά όχι απαραίτητα ως άνδρα.

Προσκολλόμαστε σ' αυτές τις αξίες, επειδή δεν ξέρουμε άλλον τρόπο, φοβόμαστε μήπως πληγωθούμε και γι' αυτό αφήνουμε τις μεγαλύτερες περιπέτειες της ζωής μας να ξεγλιστρήσουν μέσα απ' τα χέρια μας.

Συχνά ακούμε κάποιον να λέει: «μπορώ να αγαπήσω μόνο αν μπορώ να εμπιστευτώ!» Με άλλα λόγια: «μπορώ ν' αφεθώ μόνο αν νιώθω ασφάλεια».

Ασφάλεια για ποιο πράγμα; Ότι δεν θα σε χωρίσει; Γιατί αν σε χωρίσει, το μόνο που θα κάνει είναι να επιβεβαιώσει αυτό που ήδη νομίζεις μέσα σου: ότι δεν είσαι αρκετή.

Αν είχαμε επίγνωση της αξίας μας, ότι δηλαδή είμαστε αρκετές όπως ακριβώς είμαστε, δεν θα χρειαζόταν να δημιουργήσουμε τις κατάλληλες συνθήκες. Θα ήμασταν σίγουρες πως, ό,τι κι αν συμβεί, θα επιζήσουμε.

Κανείς άλλος δεν μας συμπληρώνει είναι εκεί μόνο για να μπορέσουμε ν' αναδείξουμε τον πραγματικό μας εαυτό και να τον απολαύσουμε ακόμα περισσότερο. Είναι εκεί για να βοηθήσει να βγάλουμε προς τα έξω την αγάπη, η οποία βρίσκεται πάντα μέσα μας.

Αντ' αυτού, δημιουργούμε ένα πλαίσιο που δεν μας επιτρέπει να νιώθουμε ότι δεν είμαστε αρκετές.

Περιορίζουμε τους εαυτούς μας. Δημιουργούμε όρους που συνδέονται με συγκεκριμένες προϋποθέσεις. Χτίζουμε το δικό μας συναισθηματικό κλουβί.

Η αγάπη όμως είναι ελεύθερη· δεν γνωρίζει όρους και προϋποθέσεις. Η αγάπη είναι πολύ πιο σημαντική απ' την πίστη ή ακόμα και την εμπιστοσύνη, τουλάχιστον όπως αυτές ορίζονται απ' την κοινωνία.

Για παράδειγμα, είχα εμπιστοσύνη ως προς το ότι ο Άντι θα έκανε το καλύτερο δυνατό βάσει εκείνου που θεωρούσε σωστό και σημαντικό τη δεδομένη στιγμή, ώστε να μπορέσουμε να συνεχίσουμε να συνυπάρχουμε.

Είναι μια βαθύτερη εμπιστοσύνη. Ισχυρότερη από εκείνο το είδος της εμπιστοσύνης κατά την οποία αναμένεις από το άλλο άτομο να μην σε απογοητεύσει ποτέ. Εξάλλου, ήξερα ήδη ένα πράγμα: ούτε κι εκείνος ήθελε να χάσει ό,τι είχαμε. Ναι, έπαιζε με τη φωτιά κι έπαιρνε το ρίσκο. Παράλληλα, όμως, ελισσόταν μέσα στη ζωή προσπαθώντας να καταλάβει ποιος ήταν και τι ήθελε, όπως και κάθε άλλος άνθρωπος.

Ακατανόητο; Ναι, φυσικά. Οι περισσότεροι από μας δεν έχουμε προσπαθήσει ποτέ να δούμε τα πράγματα από διαφορετική σκοπιά, ανεξάρτητα απ' τους κανόνες και τα όσα μας έχουν διδάξει. Το

52

μόνο που κάναμε πάντα ήταν ν' αντιγράφουμε όσα βλέπουμε, αφού φαίνονται όμορφα και σωστά όταν τα βλέπεις από μακριά. Δεν λειτουργούν όμως πάντα έτσι στον πραγματικό κόσμο, κι όμως συνεχίζουμε να προσπαθούμε ν' ακολουθήσουμε τα βήματα των προγόνων μας.

Ενώ φιλοσοφούσα το θέμα, άκουγα τις φωνές όλων των αυτοαποκαλούμενων συμβούλων ζωής: «Μα χρειάζεσαι όρια για να προστατέψεις την αυτοεκτίμησή σου!»

Η σχέση μου με τον Άντι με είχε κάνει να συνειδητοποιήσω για πρώτη φορά ότι τα όρια μας εμποδίζουν ν' ανοίξουμε τα φτερά μας και απλά ν' απολαύσουμε τη ζωή.

Η αυτοεκτίμηση δεν χρειάζεται όρια αν ξέρεις ήδη την αξία σου. Ακριβώς το αντίθετο. Μόνο όταν τα όρια, οι προσδοκίες και οι συνθήκες εξαφανίζονται μπορείς να αναγνωρίσεις την πραγματική σου αξία. Κι αυτή βρίσκεται στην αγάπη άνευ όρων. Στο να μη φοβάσαι τον πόνο, γιατί ξέρεις ότι ο πόνος επιτρέπει την αληθινή ανάπτυξη και τη βαθύτερη κατανόηση της ουσίας της ζωής, όπως πραγματικά είναι. Το πόσο μπορείς ν' αγαπήσεις άνευ όρων δείχνει τελικά πόσο αγαπάς τον ίδιο σου τον εαυτό.

Φυσικά, αυτό δεν σημαίνει ότι πρέπει ν' ανοίγεις

την καρδιά σου άνευ όρων σε κάθε συνηθισμένο κόπανο που σε κακομεταχειρίζεται, σε κακοποιεί, σε χτυπά ή σε χειραγωγεί. Αυτό είναι μια εντελώς διαφορετική ιστορία. Μιλάω για την αγάπη που ανθίζει μπροστά μας και την οποία καταπνίγουμε εξαιτίας του προγραμματισμού μας ενώ είναι ακόμα μπουμπούκι, επειδή δεν ανταποκρίνεται αμέσως στα ιδανικά πρότυπα. Στεκόμαστε ενάντια στη δική μας εσωτερική φωνή και αναζητούμε λόγους για τους οποίους δεν μπορεί η αγάπη αυτή να λειτουργήσει, αντί να εμπιστευτούμε αυτή τη φωνή.

Συνθλίβουμε την ανάπτυξη και την αλλαγή οδηγούμενοι από την ανυπομονησία μας. Θέλουμε να βλέπουμε, να καταλαβαίνουμε, να ακούμε και να γνωρίζουμε τα πάντα αμέσως. Δεν δίνουμε στον χρόνο την ευκαιρία να κάνει τα θαύματά του. Ξεχνάμε τη δυνατότητα ότι κάτι που δεν υφίσταται ακόμη μπορεί πράγματι να υπάρξει. Ότι τα πάντα είναι μια αδιάκοπη διαδικασία κι όχι ένα τελικό αποτέλεσμα.

Συνέχισα με την επανεξέταση του συστήματος αξιών μου. Τι μετράει πραγματικά; Χωρίς αμφιβολία, υπήρχαν πραγματικά συναισθήματα μεταξύ μας, αλλά πιθανότατα έκανε σεξ και μ' άλλες γυναίκες. Ωστόσο, αν κάτι τέτοιο δεν μας

54

επηρέαζε καθόλου και δεν άλλαζε τα συναισθήματά του ενός για τον άλλο, ήταν πραγματικά τόσο κακό; Θ' άλλαζε εκείνες τις υπέροχες και μαγικές στιγμές που είχαμε ζήσει; Με πλήγωνε η στάση του; Ή μήπως τελικά ήταν οι δικές μου προσδοκίες για το πώς θα έπρεπε να είναι τα πράγματα που με πλήγωναν; Ίσως δεν χρειαζόταν ν' αλλάξω την ίδια την κατάσταση, αλλά τον τρόπο που σκεφτόμουν την κατάσταση.

Πώς ήξερα όμως ότι δεν κορόιδευα τον εαυτό μου με τα παιχνίδια του μυαλού κι ότι δεν προσάρμοζα απλώς τις καταστάσεις κατά το δοκούν; Κι αν ήμουν εγώ η τρελή της υπόθεσης κι όχι όλοι εκείνοι που με προειδοποιούσαν για την κατάσταση; Στην ουσία οι σκέψεις μου λειτουργούσαν ενάντια στις αρχές μιας ολόκληρης κοινωνίας. Αλλά να τη πάλι η εσωτερική μου φωνή.

Ήξερα τον ήχο της. Ήταν η καρδιά μου που προσπαθούσε να με καθοδηγήσει. Ένιωθα σωστό και, πάνω απ' όλα, απελευθερωτικό το να σπάσω τις αλυσίδες που με περιόριζαν.

Η αποκλειστικότητα, η εμπιστοσύνη και η πίστη είναι απλώς ιδέες που υπάρχουν στο μυαλό μας. Όταν ο Άντι ήταν εκεί, ήταν εκεί. Ήταν η πραγματικότητά μου. Κι εκείνη η πραγματικότητα ήταν γεμάτη αγάπη. Γιατί έψαχνα για ελαττώματα έξω από εκείνη την πραγματικότητα; Επειδή χρειαζόμαστε κανόνες και στερεότυπα για να μπορούμε να πλοηγηθούμε στη ζωή.

Αλλά μέχρι εκείνη τη στιγμή, ούτε αυτά είχαν φέρει τα αποτελέσματα που περίμενα στη ζωή μου. Γιατί λοιπόν να μην τα πετούσα όλα έξω απ' το παράθυρο και ν' ακολουθούσα ένα νέο μονοπάτι; Το μονοπάτι προς το άγνωστο. Το μονοπάτι της απώλειας κάθε ελέγχου. Να κάνω αυτό που θέλω και όχι αυτό που πρέπει. Γιατί, παρά τις όποιες συνθήκες επικρατούσαν ανάμεσά μας, εκείνη η συντροφικότητα που είχαμε με τον Άντι φάνταζε πιο σωστή από οποιαδήποτε άλλη είχα ζήσει στο παρελθόν.

Ήταν όντως σωστή; Σύμφωνα με τα κριτήρια της κοινωνίας, μάλλον όχι. Πέρα όμως από την τρέχουσα κατάσταση, μπορούσα να δω τη μεγαλύτερη εικόνα. Δεν χρειαζόταν ν' ανησυχώ για το αν είχα δίκιο ή άδικο. Η ίδια η ζωή θα μου έδινε την απάντηση. Εξάλλου, είναι στη φύση της στεναχώριας ν' αποδεικνύεται τελικά πάντα άσκοπη.

Έτσι, όλα εκείνα τα παιχνίδια του μυαλού μου χρησίμευσαν τελικά στο να πάρω μια απόφαση σχετικά με το πώς έπρεπε να συνεχίσω. Τίποτα μέσα μου δεν ήταν ενάντια στο να συνεχίσω να βλέπω τον Άντι. Αγαπούσα την εκδοχή του εαυτού μου όταν ήμουν μαζί του. Μου έβγαζε τον καλύτερο εαυτό μου κι ένιωθα όμορφα κοντά του.

Ο Άντι πάντα μ' έκανε να νιώθω ξεχωριστή. Ήταν προσεκτικός, στοργικός κι ευγενικός. Γιατί να εγκαταλείψω κάτι τόσο όμορφο μόνο και μόνο επειδή υπήρχαν αντίπαλες; Ας έφευγαν αυτές.

Άλλωστε, υπήρχαν όντως; Πόσο σοβαρές ήταν; Δεν ήξερα. Οπότε επικεντρώθηκα στον δικό μου κόσμο. Σ' εκείνο που είχαμε, στη δική μας ιστορία. Στο ΤΩΡΑ, το οποίο ήταν πάντα πιο όμορφο όταν ήμασταν μαζί.

Ήμουν έτοιμη να εκπλαγώ από το τι θα έκανε η ζωή αν αναλάμβανε πλήρως τα ηνία κι εγώ παραδινόμουν απλώς στα χέρια της.

Θα έμενα εκεί όπου οποιοσδήποτε άλλος θα έφευγε.

Μια κινεζική παροιμία λέει: «Αν προσπαθήσεις να πιάσεις ένα φτερό, δεν θα τα καταφέρεις ποτέ, αλλά αν ανοίξεις το χέρι σου, θα πέσει στη σωστή θέση από μόνο του».

Ο Άντι μου έδωσε τη δυνατότητα να μάθω και να εφαρμόσω όλα εκείνα τα πράγματα όσο καλύτερα μπορούσα. Το πόσο καλά θα τα εφάρμοζα τελικά, θα φαινόταν στην πορεία.

Έτσι διάλεξα τη δεύτερη επιλογή. Πετάξαμε για Γιοχάνεσμπουργκ μαζί με τον Άντι. Αποφάσισα να ηρεμήσω και να το απολαύσω. Και η μαγεία συνέχισε να ξεδιπλώνεται, χαρίζοντάς μας περισσότερες αξέχαστες στιγμές.

Ύστερα απ' αυτό, ήταν πλέον ξεκάθαρο: αν το σύμπαν μου είχε προσφέρει εκείνη την ιστορία με τον τρόπο που μου την είχε προσφέρει, τότε ήταν η σωστή για τη ζωή μου εκείνη τη στιγμή, έτσι ακριβώς όπως ήταν!

Check-in 8

Ως αεροσυνοδός, συχνά με ρωτούν ποιο κατά τη γνώμη μου είναι το πιο όμορφο μέρος. Η απάντηση είναι μία: η Ελλάδα. Όχι επειδή είμαι Ελληνίδα, αλλά επειδή πραγματικά έχω τη σύγκριση.

Έχω ταξιδέψει σε όλο τον κόσμο και οφείλω να πω ότι καμία άλλη χώρα δεν έχει όλο το πακέτο: τις πιο όμορφες και καθαρές παραλίες, τα πιο ειδυλλιακά νησιά και το καλύτερο φαγητό. Υπάρχει κάτι για όλους. Για τους λάτρεις της φύσης αλλά και τους λάτρεις των πάρτι.

Ήμουν αρκετά τυχερή ώστε να έχω το δικό μου διαμέρισμα εκεί, όπως και μερικοί συγγενείς μου. Στην πραγματικότητα αισθάνομαι τόσο οικεία στην Ελλάδα όσο και στη Γερμανία. Και τώρα η Ελβετία γινόταν το τρίτο μου σπίτι. Θεωρητικά, όλος ο κόσμος έχει γίνει πατρίδα μου.

Καθόμουν λοιπόν στην όμορφη βεράντα μου στη Θεσσαλονίκη, όπου περνούσα μόνη τις διακοπές μου, όταν χτύπησε το τηλέφωνό μου και είδα έναν άγνωστο αριθμό που δεν μπορούσα καν να τον αντιστοιχίσω σε κάποια χώρα.

Όταν απάντησα, η σύνδεση ήταν κακή, άκουσα όμως μια ανδρική φωνή να φωνάζει γεμάτη ενθουσιασμό: «Μάγια, εγώ είμαι, ο Άντι, κοίτα ψηλά! Πετάω πάνω απ' τη Θεσσαλονίκη αυτή τη στιγμή και θα πρέπει να είμαι ακριβώς από πάνω σου!»

Έμεινα άφωνη. Ήταν μακράν το πιο ρομαντικό τηλεφώνημα που είχα λάβει ποτέ. Ήξερα το σχέδιο πτήσης του και γνώριζα περίπου πού θα έπρεπε να βρίσκεται, αλλά εκείνη η στιγμή ήταν μια υπέροχη έκπληξη.

Πολλές άλλες μοναδικές εκπλήξεις ακολούθησαν κατά τη διάρκεια εκείνων των διακοπών. Έλειπα για δύο εβδομάδες και ήμασταν σε καθημερινή επαφή. Λείπαμε ο ένας στον άλλο και οι στιγμές που ανησυχούσα για το πού και, κυρίως, με ποια μπορεί να ήταν, γίνονταν όλο και πιο αραιές χάρη σ' εκείνη τη στενή επικοινωνία.

Ένιωθα κάπως πιο ασφαλής κι έτσι αποφάσισα να προσπαθήσω να του μιλήσω ξανά για εμάς, μόλις μου δινόταν η ευκαιρία. Είχαν περάσει έξι μήνες από την τελευταία μας συζήτηση για την κατάσταση της σχέσης μας. Είχαμε έρθει πολύ πιο κοντά μέσα σ' εκείνο το διάστημα, οπότε θεώρησα πως ήταν δικαίωμά μου να ξαναρωτήσω.

Αυτό κατέστησε για άλλη μια φορά σαφές το πόσο έντονα αποζητούσα λίγη περισσότερη σαφήνεια. Οι ανασφάλειές μου εξακολουθούσαν να έχουν το πάνω χέρι. Ο χρόνος προγραμματισμός μου συνέχιζε ν' αναζητά κάποια βεβαιότητα, παρ' όλους τους νέους τρόπους με τους οποίους προσπαθούσα να σκέφτομαι. Το μυαλό μου επέστρεφε διαρκώς πίσω στην ανάγκη για ελπίδα και στη λαχτάρα για το οικείο. Για εκείνο που θεωρούταν φυσιολογικό.

Το μυαλό μπορεί να γίνει πολύ πεισματάρικο και να σε κάνει να αμφισβητείς διαρκώς τα ίδια σου τα λόγια.

Όταν επέστρεψα απ' τις διακοπές, ήρθε να με παραλάβει απ' το αεροδρόμιο και πέσαμε ο ένας στην αγκαλιά του άλλου που τόσο μας είχε λείψει. Περάσαμε ένα υπέροχο βράδυ στο μπαλκόνι με ούζο και μουσακά που έφερα μαζί. Μιλήσαμε και γελάσαμε μέχρι το πρωί και ατενίσαμε τον πλανήτη Δία. Είχαμε και κάποιες ήσυχες στιγμές, κατά τις οποίες απλά χάιδευε το πρόσωπό μου και με κοιτούσε μες στα μάτια. Κάποια στιγμή, ήμασταν τόσο μεθυσμένοι που χορέψαμε στο μπαλκόνι και κάναμε έρωτα.

Ήταν μια αξέχαστη βραδιά και για πρώτη φορά συνειδητοποίησα χωρίς καμία αμφιβολία ότι υπήρχαν περισσότερα μεταξύ μας απ' όσα ήθελε να παραδεχτεί στον εαυτό του. Αυτό ενίσχυσε την απόφασή μου να του μιλήσω κατά την επόμενη πτήση μας για Νέα Υόρκη.

Check-in 9

Το να δουλεύουμε μαζί στις πτήσεις μας ήταν πάντα το αποκορύφωμα. Πετούσαμε απλώς ως συνάδελφοι, αλλά το υπόλοιπο πλήρωμα πάντα αντιλαμβάνονταν γρήγορα ότι κάτι άλλο υπήρχε στην ατμόσφαιρα. «Συμβαίνει κάτι μεταξύ σας;» με ρωτούσαν.

«Ναι, κάτι συμβαίνει, αλλά είμαστε ακόμα στην αρχή και δεν ξέρουμε πώς θα εξελιχθεί».

Αυτή ήταν πάντα η απάντησή μου. Και ήταν αλήθεια. Καθώς ήμουν υπεύθυνη για την First Class, έπρεπε να φροντίζω και το πιλοτήριο. Αυτό μου έδινε την ευκαιρία να είμαι κοντά του. Έφτιαχνα το φαγητό για τους πιλότους κι έπινα καφέ μαζί τους, ωστόσο η χημεία ανάμεσα σε μένα και τον Άντι πρόδιδε ότι υπήρχε κάτι περισσότερο μεταξύ μας.

«Άντι, καφέ με γάλα για σένα, όπως πάντα. Θέλεις τη σαλάτα με την ίδια σάλτσα όπως την προηγούμενη φορά;»

Ο κυβερνήτης με κοίταξε κάπως έκπληκτος και χαμογέλασε. Φλερτάραμε με κάθε ευκαιρία και αγγίζαμε ο ένας τον άλλον όταν δεν μας κοιτούσε κανείς. Ήταν κάπως συναρπαστικό. Ωστόσο, όλο εκείνο το διάστημα ήμασταν μόνο συνάδελφοι. Οτιδήποτε άλλο θα ήταν πολύ περίπλοκο για να το εξηγήσουμε.

Του είχα μια ιδιαίτερη έκπληξη σ' εκείνη την πτήση. Ή μάλλον δύο. Όταν έφερα το φαγητό του στο πιλοτήριο, είχα κρύψει ένα εισιτήριο κάτω απ' τη χαρτοπετσέτα. Ήταν ένα εισιτήριο για το μιούζικαλ του Μπρόντγουεϊ Το Φάντασμα της Όπερας.

Όταν το είδε, στράφηκε προς το μέρος μου. «Είσαι τρελή!» είπε γελώντας.

Δεν είπα τίποτα και απλώς του έκλεισα το μάτι.

Μόλις φτάσαμε στο ξενοδοχείο, ο καθένας πήγε πρώτα στο δωμάτιό του, όπως ήταν η ρουτίνα μας. Ύστερα ήρθε σε μένα και όταν τον άφησα να μπει μέσα, πέσαμε ο ένας πάνω στον άλλο. Τι συναίσθημα να υπομένεις την λαχτάρα για τόσες ώρες και μετά ν' αφήνεσαι! Εκείνο το βράδυ παρακολουθήσαμε το μιούζικαλ και στη συνέχεια πήγαμε για ύπνο εντελώς εξαντλημένοι.

Την επόμενη μέρα του είχα ετοιμάσει τη δεύτερη έκπληξη. Ήμουν δασκάλα χορού για πάνω από δέκα χρόνια και μου άρεσε πολύ να χορεύω. Δεν του άρεσε τόσο όσο εμένα, αλλά ήθελε να μάθει. Έτσι του έκανα δώρο ένα μάθημα χορού - ένα ιδιωτικό μάθημα με την προσωπική του δασκάλα χορού. Στην αρχή ήταν πολύ φοβισμένος και κάπως διστακτικός, αλλά φυσικά δεν ήθελε να μου χαλάσει την έκπληξη.

«Θα φανώ ανόητος», είπε ανήσυχος. Αλλά είναι τόσο γλυκό εκ μέρους σου που δεν μπορώ να πω όχι».

Με αγκάλιασε και με φίλησε στο μέτωπο. Έδωσε μεγάλη προσοχή στο μάθημα και τελικά καταλήξαμε να χορεύουμε πολύ καλά μαζί.

Μετά το μάθημα, πήραμε έναν καφέ και καθίσαμε στο πάρκο. Μόλις συνειδητοποίησα ότι η στιγμή που περίμενα για να μιλήσουμε είχε φτάσει, ένιωσα έναν κόμπο στον λαιμό μου, σαν να προσπαθούσε να μου πει: «Μην το κάνεις! Θα συνεχίσω να σε σφίγγω μέχρι να μην μπορείς να αναπνεύσεις!»

Ποτέ άλλοτε δεν είχα αντιμετωπίσει τόση δυσκολία στο να μιλήσω για θέματα σχέσεων. Με πονούσε σωματικά. Είχα παραλύσει από φόβο, αλλά αφού είχα αποφασίσει να το κάνω, μάζεψα όλο μου το θάρρος και κατάφερα να προφέρω την ερώτηση. «Πες μου, Άντι, γιατί δεν έχουμε σχέση;»

Εκείνο το συναισθηματικό τείχος εμφανίστηκε αμέσως, όπως και την πρώτη φορά. Απόλυτη δυσφορία και για τις δύο πλευρές. Αμοιβαία αποστασιοποίηση επικρατούσε μόνο εκείνη τη στιγμή. Για μια ακόμα φορά, δεν είπε τίποτα.

Ωστόσο, επέμεινα για μια απάντηση και σιγά σιγά, ο κατά τα άλλα παντογνώστης και ευφυής μηχανολόγος μηχανικός συνέθεσε με μεγάλη επιμέλεια τα λόγια του.

«Ξέρω ότι αν κάνω σχέση τώρα, μπορεί να είναι για όλη μου τη ζωή κι αυτό με τρομάζει πάρα πολύ. Δεν αισθάνομαι ακόμα έτοιμος γι' αυτό. Μπορεί να είσαι εσύ αυτή η γυναίκα. Μου αρέσει να περνάω χρόνο μαζί σου και, παρόλο που έχω αισθήματα για σένα, δεν ξέρω αν είναι αρκετά. Φοβάμαι επίσης μήπως πληγωθώ ξανά. Γενικά αναρωτιέμαι γιατί μια γυναίκα σαν εσένα να θέλει κάτι από μένα. Μου αρέσει να φλερτάρω κι αυτό δεν θα έπρεπε να συμβαίνει, έτσι δεν είναι; Δεν θέλω να μας αποκλείσω τελείως, αλλά ούτε μπορώ και να εγγυηθώ τίποτα. Δεν βλέπω τον εαυτό μου σε σχέση στο άμεσο μέλλον. Με καμία. Κι αυτό δεν έχει να κάνει με σένα. Εγώ είμαι το πρόβλημα».

Παρέμεινα σιωπηλή. Ο κόμπος στον λαιμό μου είχε κερδίσει τελικά.

Ειλικρινά, τι χειρότερο μπορεί ν' ακούσει κανείς απ' τον άνθρωπο με τον οποίο είναι ερωτευμένος; Ίσως μόνο ότι τελείωσε οριστικά. Εκείνο, όμως, ήταν ακόμα χειρότερο. Γιατί δεν ήταν ούτε ναι ούτε όχι. Ήταν καθαρή αβεβαιότητα. Σαν να έλεγε: είτε το δέχεσαι είτε όχι. Ένα πραγματικό χαστούκι στο πρόσωπο!

Του είπα απλώς ότι θα ήθελα πρώτα να το σκεφτώ πριν πω κάτι λάθος.

Ήθελα κάτι από 'κείνον, αλλά στην

πραγματικότητα δεν ήξερα ακριβώς τι. Γι' άλλη μια φορά ήμουν μπερδεμένη. Είχα κάνει τόσο μεγάλο λάθος για τα συναισθήματά μας τους τελευταίους εκείνους μήνες; Ήταν τόσο αληθινά. Ακόμα κι εκείνη τη στιγμή, ήμουν πεπεισμένη γι' αυτό. Δεν αμφέβαλλα για τη γνησιότητα των συναισθημάτων που υπήρχαν μεταξύ μας, μόνο για την ικανότητα του συνομιλητή μου να τ' αναγνωρίσει.

Ακόμα και μετά από εκείνη την κατάσταση, καταφέραμε κι οι δυο ν' απολαύσουμε τον κοινό μας χρόνο στη Νέα Υόρκη, ενώ στην πτήση της επιστροφής ήταν σαν να μην είχε συμβεί απολύτως τίποτα.

Στην πραγματικότητα όμως, τα πράγματα μου φαίνονταν διαφορετικά. Ένιωθα χαμένη και μουδιασμένη, αλλά προσπαθούσα να παραμείνω θετική και ευγνώμων.

Μα πού στον διάολο να έβρισκα θετικότητα και ευγνωμοσύνη σ' εκείνη την περίπτωση; Και τι γίνεται με τα παιχνίδια του μυαλού περί πίστης και εμπιστοσύνης και την αντίληψη ότι όλα δεν είναι παρά μια ιδέα; Τι γίνεται με το γεγονός ότι το μόνο πράγμα που είχε τελικά σημασία είναι το πόσο ωραία περνούσαμε μαζί; Είχα πειστεί τόσο πολύ γι' αυτό κι όμως είχα απογοητευτεί. Ερχόμουν σε αντίφαση με τον ίδιο μου τον εαυτό. Έπρεπε να κάνω πράξη όλα όσα πρέσβευα.

Παρακολουθούσα κυριολεκτικά την εσωτερική μου πάλη σαν από τρίτο πρόσωπο. Συνειδητοποιούσα από πρώτο χέρι πως δεν ήταν τόσο εύκολο μέσα σε λίγους μόλις μήνες να επαναπρογραμματίσω τον εαυτό μου με τρόπο διαφορετικό απ' ό,τι είχε μάθει τα προηγούμενα τριάντα οκτώ χρόνια.

Ω, Θεέ μου. Σε τι είχα μπλέξει;

Check-in 10

Το τι ακολούθησε ήταν ένας καταιγισμός απόψεων απ' τους γύρω μου ως απάντηση στη συζήτησή μου με τον Άντι. Ήταν εξοργισμένοι. Κανείς δεν μπορούσε να το χωνέψει. Το ίδιο κι εγώ. Αναζητούσα έναν τρόπο αντιμετώπισης της κατάστασης και, ως αποτέλεσμα, είχα γίνει εξαιρετικά επικοινωνιακή. Φυσικά, αυτό με έκανε ευάλωτη, όμως δεν μπορούσα να κάνω αλλιώς. Έπρεπε να μιλήσω γι' αυτό και παράλληλα ν' ακούσω τον εαυτό μου.

Η ίδια βρισκόμουν σε μια διαδικασία συμφιλίωσης με τα όσα είχα μόλις βιώσει. Έπιανα τον εαυτό μου να προσπαθεί συνεχώς να δικαιολογηθεί στους άλλους. Ωστόσο, συνειδητοποίησα γρήγορα ότι, αν σίγαζα όλες τις φωνές γύρω μου κι άκουγα μόνο τον εαυτό μου, στην πραγματικότητα δεν είχα και τόσο μεγάλο πρόβλημα με την κατάσταση. Τότε έβλεπα μόνο την ιστορία μας, εμένα, εκείνον και όσα βιώναμε μαζί. Συνειδητοποίησα ότι μόνο ο εξωτερικός κόσμος ήταν τελικά εκείνος που δημιουργούσε το πρόβλημα. Σίγουρα υπήρχαν στιγμές που οι σκέψεις του μυαλού μου με παρέσερναν, μόλις όμως άκουγα την καρδιά μου, αγαλλίαζα.

Παρ' όλα αυτά, είχα κουραστεί υπερβολικά να δικαιολογούμαι στους άλλους και να εξηγώ σε όλους πόσο όμορφα περνούσαμε με τον Άντι. Τα καλά πράγματα στη σχέση μας έμοιαζαν να μην έχουν καμία σημασία. Κανείς δεν έδινε βάση στο πώς εμπνέαμε ο ένας τον άλλον, στο πώς χαρίζαμε απλόχερα την ελευθερία να είμαστε ο καθένας εκείνο που πραγματικά θέλαμε, στο ότι βγάζαμε ο ένας στον άλλον την καλύτερη εκδοχή του εαυτού του, ότι ήμασταν ευγνώμονες για κάθε μέρα που περνούσαμε μαζί, ότι υπήρχε μια αμοιβαία εκτίμηση που δεν είχα ξαναζήσει ποτέ άλλοτε, ενώ παράλληλα βιώναμε συνειδητά τον χρόνο που ήμασταν μαζί και χαιρόμασταν τη στιγμή. Αντίθετα, το μόνο που είχε σημασία για τους άλλους ήταν τα γεγονότα και οι πιθανότητες ενός κοινού μέλλοντος. Ως προς αυτό, δεν μπορούσα παρά να σκέφτομαι πως οι πιθανότητες για μένα και τον πρώην σύζυγό μου ήταν εξαιρετικές, κι όμως η ιδέα που είχαμε για το κοινό μας μέλλον δεν υλοποιήθηκε ποτέ.

Το περιβάλλον μου απλά δεν έπαιρνε τον Άντι κι εμένα στα σοβαρά. Είχα την εντύπωση ότι οι περισσότεροι άνθρωποι πίστευαν πως, έτσι κι αλλιώς, ό,τι είχαμε θα διαρκούσε μόνο λίγους μήνες κι έπειτα θα τελείωνε, οπότε και θα βρίσκαμε το επόμενο θέμα συζήτησης.

Στη δουλειά, όπως και στην ιδιωτική μου ζωή, είχα μισήσει την ερώτηση: «Είσαι ελεύθερη;»

«Θα έλεγα όχι συναισθηματικά, αλλά ίσως στην πράξη - ή κάτι τέτοιο. Ούτε κι εγώ ξέρω».

Και τότε, φυσικά, ξεκινούσε το κουτσομπολιό. Έπρεπε μήπως να πιστέψω τους άλλους; Να λάβω υπόψη μου το ειρωνικό ύφος μερικών συναδέλφων που δεν είχαν ιδέα για την όλη κατάσταση; Άλλωστε, πού βρίσκονταν οι ίδιοι; Τι είχαν βιώσει; Ποιες ήταν οι εμπειρίες τους; Είχαν βρεθεί άραγε ποτέ στη θέση μου;

Παρ' όλα αυτά, εκείνα τα σχόλια συνέχιζαν να με τρυπούν σαν βελόνες. Μήπως είχαν δίκιο; Έπρεπε να ενδώσω στις αμφιβολίες που μου εμφύτευαν οι γύρω μου και στις ενίοτε συγκαλυμμένες προειδοποιήσεις τους;

Ίσως έπρεπε.

Ωστόσο, δεν μπορούσα. Η εσωτερική μου φωνή σχεδόν με παρακαλούσε ν' αντέξω και να περιμένω. Γιατί, σε αντίθεση με όλους και με όλα, υπήρχε εκείνο το μικρό κάτι που αντιστεκόταν, όπως ο Δαβίδ απέναντι στον Γολιάθ. Ήταν εκείνη η μικρή σπίθα ελπίδας...

Κι αν τα πράγματα εξελίσσονταν διαφορετικά για εμάς; Εκείνη την περίοδο, όμως, έκανα και νέους φίλους που ήρθαν στη ζωή μου την πιο κατάλληλη στιγμή. Με βοήθησαν πολύ. Ήταν

70

ανοιχτοί σε νέες ιδέες, υποστήριζαν τον τρόπο σκέψης μου και θεωρούσαν τη σχέση μου με τον Άντι πηγή έμπνευσης.

Υπήρχαν ακόμη και κάποιοι που έλεγαν πως έτσι θα έπρεπε να λειτουργούν οι σχέσεις. Χωρίς κενές υποσχέσεις, χωρίς πίεση και χωρίς προσδοκίες. Να είναι ανοιχτές σε ό,τι προκύψει και πως, στην πραγματικότητα, έτσι θα έπρεπε να είναι η αγάπη.

Αποφάσισα να συνεχίσω να δουλεύω με τον εαυτό μου, ν' ακολουθήσω τον δικό μου δρόμο και να αποκλείσω όλες τις άλλες απόψεις. Να διαχωρίσω τα λεγόμενα απ' την πραγματική κατάσταση. Να παρατηρώ συνειδητά αλλά αποστασιοποιημένα.

Ο πόνος προέρχεται απ' την ταύτιση με τη δική μας προσωπική ιστορία και το πώς την ερμηνεύουμε. Ευτυχία είναι η ικανότητα να βλέπεις πέρα από τα γεγονότα και να μην ζεις στο έλεος του αν και πώς θα συμβεί κάτι.

Απομακρύνθηκα απ' τους ανθρώπους που διατάραζαν την εσωτερική μου γαλήνη και μ' έβαζαν συνεχώς στη διαδικασία να δικαιολογούμαι. Είχα διαβάσει πολλές φορές ότι η ανάπτυξη πάει χέρι με χέρι με τη μοναξιά. Κατά κάποιον τρόπο, είχα αρχίσει να καταλαβαίνω όλο και περισσότερο τι σήμαινε αυτό.

Φυσικά, τίποτα απ' όλα αυτά δεν αναιρούσε το γεγονός ότι οι φήμες για τον Άντι έκαναν τον γύρο της εταιρείας μας. Άκουγα ιστορίες για 'κείνον και άλλες αεροσυνοδούς, κάποιες από πολύ παλιά και κάποιες που, ας πούμε, ίσως και να έβλεπε ταυτόχρονα...

Οι θεραπευτές θα έλεγαν: «Όποιος αγαπάει ένα συναισθηματικά μη διαθέσιμο άτομο, είναι ο ίδιος το πρόβλημα. Κάτι τέτοιο αντικατοπτρίζει τις δικές του πληγές απόρριψης απ' την παιδική του ηλικία». Ωστόσο δεν κατάφερα να βρω καμία τέτοια δική μου πληγή, όσο σκληρά κι αν έψαξα μέσα μου.

Οι φίλοι μου με προειδοποιούσαν με κάθε ευκαιρία: «Μάγια, κάνε τη χάρη στον εαυτό σου και προχώρα, δεν το αξίζεις αυτό».

«Ξέρω σε τι έχω μπλέξει. Άλλωστε, τι έχω να χάσω; Δεν έχω πολύ καιρό που πήρα διαζύγιο, αφήστε με να διασκεδάσω λίγο και βλέπουμε τι θα γίνει».

Μερικές φορές ακουγόμουν πολύ πιο χαλαρή από ό,τι αισθανόμουν. Με ήξεραν καλά και μπορούσαν να καταλάβουν ότι συχνά δεν τα πήγαινα και τόσο καλά. Δεν μπορούσα ούτε και να φύγω όμως, αφού εκείνο το κεφάλαιο της ζωής μου ήταν πάρα πολύ όμορφο και συναρπαστικό για να τελειώσει έτσι απλά.

Έβλεπα κάτι καλό μέσα σ' εκείνον τον άνθρωπο με την ευαίσθητη καρδιά και μια ψυχή με την οποία ένιωθα τόσο βαθιά συνδεδεμένη. Υπήρχε κάτι εκεί που δεν μ' άφηνε να φύγω. Μέσα του κρυβόταν ένα ευάλωτο, αξιαγάπητο, ευαίσθητο αγοράκι που κρυβόταν πίσω απ' την επιβλητική στολή του πιλότου, ωστόσο δεν ήθελε τίποτα περισσότερο από το ν' αγαπηθεί πραγματικά. Κάποιες φορές αισθανόμουν ότι καταλάβαινα τον αληθινό του εαυτό περισσότερο από 'κείνον.

Ακούγονται αφελή όλα αυτά; Ναι.

Ακούγονται σαν το μητρικό κόμπλεξ που θέλει να θεραπεύει τους πάντες; Ναι. Κι όμως, δεν πειράζει!

Το να πέσω άλλη μια φορά με τα μούτρα στη ζωή δεν θα έκανε τη διαφορά. Η ζωή βρισκόταν μπροστά μου, χωρίς σχέδιο και χωρίς προσδοκίες. Γιατί να μην άφηνα εντελώς τον έλεγχο και να εμπιστευτώ το σύμπαν;

Πώς όμως θα λειτουργούσε αυτό; Ακριβώς έτσι, ίσως; Και κάπως έτσι, περάσαμε μαζί το πρώτο μας φθινόπωρο και όλη την περίοδο πριν τα Χριστούγεννα που τόσο αγαπούσε. Βόλτες στα χιόνια, χουχουλιάρικα βράδια στον καναπέ υπό το φως των κεριών, χριστουγεννιάτικα δωράκια και σπιτικά μπισκότα μας τύλιγαν σε μια θαλπωρή που μόνο η μυρωδιά της κανέλας και του πορτοκαλιού μπορούσε να πετύχει. Κάναμε και κάποιες πτήσεις μαζί, ωστόσο η συντροφικότητα που είχαμε δημιουργήσει στο σπίτι δεν μπορούσε να συγκριθεί με τίποτε άλλο. Ακόμα κι αν ήταν μόνο για ένα βράδυ.

Δυστυχώς, δεν ήταν όλα πάντα ήρεμα κι ευχάριστα. Ο Άντι πήγε διακοπές στην Καραϊβική με κάποιον φίλο τον Νοέμβριο.

Με φίλο...

Στην Καραϊβική...

Δεν είχα νέα του για μέρες. Ήταν μεγάλη πρόκληση το να προσπαθώ να μην σκέφτομαι αν ο φίλος του είχε κόλπο και δύο καλοστημένα στήθη.

Εκείνες ακριβώς ήταν οι στιγμές που έπρεπε να κάνω πράξη όλα όσα πρέσβευα. Άφησέ τον να έχει την ελευθερία του! Σε όλα! Έτσι κι αλλιώς, δεν μπορείς να κάνεις τίποτα γι' αυτό. Το μόνο που μπορείς να κάνεις είναι να φύγεις. Αυτό θέλεις; Ε, τότε φύγε!

Υπήρχε μια μικρή πιθανότητα τα πράγματα να ήταν όντως όπως έλεγε. Ακόμα κι αν δεν ήταν όμως, επρόκειτο για τη ζωή του κι ο ίδιος ήταν υπεύθυνος γι' αυτήν. Δεν ανήκε σε μένα. Κανένας άνθρωπος δεν είναι κτήμα κανενός.

Στο κάτω κάτω, είχε δικαίωμα να κάνει ό,τι ήθελε. Ό,τι έκανα εγώ ήταν δική μου ευθύνη, ό,τι έκανε εκείνος ήταν δική του. Εμείς βρισκόμασταν κάπου στη μέση. Εξακολουθούσε να επιστρέφει σε μένα, όχι επειδή έπρεπε, αλλά επειδή το ήθελε. Κι αυτό ακριβώς ήθελα να συνεχίσω να κάνω κι εγώ.

Τίποτα δεν πρέπει να θεωρείται δεδομένο. Σε ό,τι αφορά τη συντροφικότητα, τα πάντα θα πρέπει να περιλαμβάνουν την ελευθερία του να το θέλεις. Αν ήταν με κάποια άλλη ή κάποια στιγμή ερωτευόταν κάποια άλλη κι αυτό σήμαινε την ευτυχία της ζωής του, τότε δεν θα ήθελα να σταθώ εμπόδιο στον δρόμο του. Σ' εκείνη την περίπτωση, τα πράγματα αργά ή γρήγορα θα κατέρρεαν ούτως ή άλλως, οπότε δεν θα υπήρχε λόγος ν' αγχώνομαι.

Συνειδητοποίησα ότι και μόνο η ιδέα πως το αγόρι σου θα έκανε κάτι τέτοιο είναι αφόρητη. Είναι κάτι που θέλουμε ν' αποτρέψουμε και συνήθως το κάνουμε απαγορεύοντας και ελέγχοντας οτιδήποτε θα μπορούσε ν' αποτελέσει απειλή. Ωστόσο, αυτό που είναι να συμβεί, θα συμβεί όπως και να 'χει.

Γιατί να ψάχνουμε πάντα επιβεβαίωση, ώστε το μυαλό μας να μένει ήσυχο και να μην χρειάζεται ν' αμφιβάλλουμε; Επειδή δεν αντέχουμε την αβεβαιότητα. Αποζητούμε την ασφάλεια. Όμως η ασφάλεια είναι μια ψευδαίσθηση. Η μόνη αληθινή ασφάλεια είναι η ελευθερία.

Ο σύζυγός μας μπορεί να μας προδώσει ανά πάσα στιγμή, ασχέτως πόσες υποσχέσεις μπορεί να έχουν δοθεί στο παρελθόν. Και πόσο γελοία φαντάζει μια παλιά υπόσχεση αγάπης τη στιγμή που ερωτεύεσαι ένα άλλο άτομο και δεν μπορείς να κάνεις τίποτα γι' αυτό! Κανείς δεν είναι έτοιμος για κάτι τέτοιο. Είναι μόνο ο φόβος του «τι θα γίνει αν...» που μας εμποδίζει να αφήσουμε τα ηνία, αφού ξέρουμε πως η ίδια η ζωή από μόνη της πάντα βρίσκει τη λύση για όλα.

Συνέχιζα ν' αποφασίζω με γνώμονα την αγάπη κι όχι τον φόβο. Αν είχα φύγει, πράγμα που θα έκανε κάθε φυσιολογικός άνθρωπος, θα το είχα κάνει περισσότερο από φόβο για τον πόνο που ίσως όλη εκείνη η ιστορία να μου προκαλούσε αργότερα. Η απόφαση να μείνω ήταν βασισμένη μονάχα στην αγάπη.

Τελικά, το μόνο που χρειάζεται να ρωτάμε τον εαυτό μας είναι αυτό: Κάνω κάτι από φόβο ή από αγάπη;

Το να κάνει κανείς στον εαυτό του αυτή την ερώτηση σε κάθε περίσταση, είναι ένας καλός τρόπος να μάθει ν' ακούει την καρδιά του.

Παρ' όλα αυτά, κάποιες φορές αναρωτιόμουν αν η καρδιά μου είχε χάσει κάθε λογική κι αν τελικά με οδηγούσε σωστά. Εξακολουθούσα να προσπαθώ να συμβιβαστώ με όλη εκείνη την αβεβαιότητα που μας περιέβαλλε σαν ένα μεγάλο γκρίζο σύννεφο από την αρχή.

Η αβεβαιότητα και η ασάφεια μπορούν καμιά φορά ν' ανοίξουν αμέτρητες νέες δυνατότητες στη ζωή. Η ίδια η φύση της ζωής είναι ν' αλλάζει. Η αλλαγή είναι το μόνο σίγουρο πράγμα.

Για να μπορέσει κανείς όμως ν' ακολουθήσει το ποτάμι της αλλαγής, πρέπει να παραδοθεί πλήρως στην αλλαγή και ν' αφήσει πίσω τα προσωπικά του «θέλω» που τον κρατούν δέσμιο. Αν είναι κανείς προσκολλημένος σε συγκεκριμένες ιδέες, πολλά πιθανά θαύματα της ζωής μπορεί να χαθούν μέσα στον Ωκεανό του μυαλού. Οι λανθασμένες αντιλήψεις για τον εαυτό μας μπορούν να υποδουλώσουν την ίδια μας τη ζωή.

Για να ξεδιπλωθεί η ζωή στην ολότητά της, η ψυχή έχει ανάγκη από γαλήνη και ηρεμία κι όχι από έναν μόνιμο εσωτερικό μονόλογο που κρίνει την εμπειρία πριν καν αυτή συμβεί.

Έτσι λοιπόν, με το κλείσιμο της χρονιάς, άφησα τα πράγματα ακριβώς όπως ήταν. Από τη Νέα Υόρκη και μετά, δεν είχε γίνει καμία άλλη συζήτηση περί σχέσεων. Δεν υπήρχε λόγος. Είχα γίνει ένας απλός παρατηρητής που εξακολουθούσε ν' ανακαλύπτει όχι μόνο έναν συναρπαστικό άντρα, αλλά και μια νέα, συναρπαστική γυναίκα, τη Μάγια.

Check-in 11

Την άνοιξη που ακολούθησε, βλεπόμαστ\n πριν τις πτήσεις μας, μετά τις πτήσεις μας και φυσικά όταν πετούσαμε μαζί. Ήμασταν εξαρτημένοι από το πρόγραμμα των πτήσεών μας.

Τις ημέρες που μεσολαβούσαν, ο καθένας έμενε σπίτι του. Αυτές ήταν άλλοτε μικρότερες κι άλλοτε μεγαλύτερες σε διάρκεια, αλλά άξιζαν το βάρος τους σε χρυσό, αφού τότε ήταν που εκτυλισσόταν η ιδιωτική μας ζωή. Η ζωή του Άντι ήταν γεμάτη με πολλά χόμπι, φίλους και το δικό του περιβόλι, το οποίο χρειαζόταν τη φροντίδα του. Έπειτα, υπήρχε το ψάρεμα, το κυνήγι και πολλά οικογενειακά ζητήματα, γιορτές και υποχρεώσεις που είχαν πάντα προτεραιότητα.

Δεν υπήρχε χώρος για μια σύντροφο. Ωστόσο, όπου υπάρχει θέληση, υπάρχει και τρόπος. Συνεπώς, υπήρχε ξεκάθαρα έλλειψη θέλησης.

Όλο αυτό, όμως, ταίριαζε στην τότε κατάστασή μου. Απ' όταν παντρεύτηκα, είχα μάθει πόσο τοξικό μπορεί να γίνει το να βλέπεις κάποιον όλη την ώρα. Για τον λόγο αυτό, μου άρεσε το γεγονός ότι δεν βλεπόμαστε κάθε μέρα. Ίσως αυτό να ήταν το μυστικό για μια ευτυχισμένη σχέση - το να μπορείς να κρατήσεις μια ορισμένη απόσταση. Ο καθένας να ζει τη ζωή του και να βλέπει τον άλλον σαν ένα σοκολατάκι που μπορεί ν' απολαύσει σε μια ιδιαίτερη περίσταση.

Και να που συνέβη να έχουμε τέσσερις μέρες ρεπό την ίδια στιγμή και είχα εκείνη την τρελή ιδέα ότι θα μπορούσαμε να τις περάσουμε μαζί. Το σπίτι μου στην Ελλάδα θα ήταν μια καλή ιδέα. Ο Μάρτιος είναι ένας όμορφος μήνας, όταν όλα ξυπνούν και ανθίζουν, οι τουρίστες δεν έχουν καταφτάσει ακόμα και ο Άντι θα μπορούσε να πάρει μια γεύση πραγματικής Ελλάδας με ευχάριστες, ανοιξιάτικες θερμοκρασίες.

Η πρώτη του αντίδραση ήταν η τυπική ενός Τοξότη. Έβγαλε το τόξο του σε μια προσπάθεια να προστατεύσει τον εαυτό του. Τραύλιζε και ήταν λες και αντιστεκόταν να πει το ναι. Παρόλο που δεν θα μπορούσαμε να είμαστε πιο δεμένοι, παρατήρησα μια κάποια διστακτικότητα στη σκέψη να ταξιδέψει μαζί μου ιδιωτικά για λίγες μέρες, μακριά απ' τη δουλειά κι απ' τους τέσσερις τοίχους μας. Φάνταζε επικίνδυνο έδαφος που θα μπορούσε να θυμίζει σχέση.

Θεός φυλάξοι! Εγώ, ως εξωτερικός παρατηρητής, το έβρισκα μάλλον διασκεδαστικό, σχεδόν αστείο, να τον βλέπω να ταλαντεύεται θέλοντας από τη μια να πει το ναι κι από την άλλη να φοβάται μην δώσει λάθος εντυπώσεις.

Μακάρι να ήξερε πόσο ασφαλής μπορούσε να νιώθει μαζί μου. Σεβόμουν τις επιθυμίες και τους φόβους του και εξακολουθούσα να είμαι βαθιά ευγνώμων για όλα όσα ζούσαμε. Ήξερα πως ό,τι βιώναμε ήταν ανεκτίμητης αξίας.

Τελικά η ιδέα μου έγινε πραγματικότητα - πόσο τρελό! Κι απ' ό,τι φάνηκε, ο Άντι ερωτεύτηκε την Ελλάδα.

Μπόρεσα να του δείξω την πραγματική ελληνική ζωή, χωρίς τους ενοχλητικούς τουρίστες. Στο κέντρο της Θεσσαλονίκης, της πόλης των αμέτρητων καφέ, κατάφερα να του μεταδώσω τον παλμό μιας ζωής που διαφορετικά δεν θα βίωνε ποτέ του.

Ήταν γλυκός με τους συγγενείς μου. Φυσικά, τον σύστησα ως το αγόρι μου για λόγους ευκολίας. Δεν είχε πρόβλημα μ' αυτό.

Στην παραλία της Χαλκιδικής, στον λόφο του Sani, παρακολουθήσαμε τη δύση του ήλιου ακριβώς πάνω από τον Όλυμπο. Είδαμε δελφίνια να κολυμπούν μπροστά μας. Ήταν μια κινηματογραφική στιγμή.

Τότε ακριβώς ήταν που γύρισε, πήρε απαλά το κεφάλι μου στα χέρια του και με φίλησε τρυφερά:

«Είσαι απίστευτη», μου ψιθύρισε.

Εκείνη τη στιγμή, ήμουν πεπεισμένη ότι δεν είχε ερωτευτεί μόνο την Ελλάδα.

Check-in 12

Αφού επιστρέψαμε, το πρόγραμμα των πτήσεών μας, μάς έδωσε την επόμενη ευκαιρία να περάσουμε μερικές μέρες μαζί στο σπίτι μου. Το μήνυμά του ότι ανυπομονούσε γι' αυτό, σήμαινε πολλά για μένα.

Κατά κάποιον τρόπο, πήραμε μια πρώτη γεύση από την καθημερινή ζωή μέσα στους δικούς μας τέσσερις τοίχους. Έβγαζε έξω τα σκουπίδια, μαγειρεύαμε μαζί, χαζεύαμε μπροστά στην τηλεόραση και κάναμε βόλτες. Θεωρητικά, το όλο σκηνικό θύμιζε για πρώτη φορά κλασική σχέση - όχι σαν εκείνο το μαγικό παραμύθι ανάμεσα σε μια αεροσυνοδό κι έναν πιλότο που έβλεπαν μαζί τα ηλιοβασιλέματα σε όλο τον κόσμο και έκαναν έρωτα με κάθε ευκαιρία.

Κι όμως, δεν είχαμε σχέση. Προφανώς ήταν ακόμα ένα προσωρινό ειδύλλιο που κάποια στιγμή θα τελείωνε. Πόσο συχνά σκεφτόμουν άραγε ότι ήταν η τελευταία φορά που βλέπαμε ο ένας τον άλλον; Για μένα κάθε αποχαιρετισμός έμοιαζε σαν να 'ναι ο τελευταίος.

Οι φίλοι μου με ρωτούσαν αν πίστευα ότι θα σοβαρευόμασταν ποτέ.

«Αν ακούσω την καρδιά μου, τότε ναι. Απλά

χρειάζεται χρόνος και υπομονή. Όταν όμως κοιτάζω την πραγματικότητα και την απροθυμία του Άντι να δεσμευτεί, τότε σαφώς όχι!»

Παρ' όλα αυτά, η αγάπη ήταν εκεί. Το μόνο που έλειπε ήταν η δέσμευση.

Παρεμπιπτόντως, τι ηλίθια ερώτηση! Πότε είναι κάτι σοβαρό; Δεν είναι πιο σημαντικές οι πράξεις παρά τα λόγια που δεν συνοδεύονται από πράξεις; Εκεί άλλωστε βρισκόταν η μαγεία μας. Στο ότι αναγνωρίζαμε πως υπήρχε αγάπη, έστω κι αν δεν υπήρχαν λόγια μεταξύ μας για να την περιγράψουν. Βρισκόμασταν κάπου ανάμεσα στα πάντα και στο τίποτα, κι όμως αυτό ήταν πολύτιμο για μας. Μια αγάπη που δεν έκανε ερωτήσεις και δεν χρειαζόταν απαντήσεις και γι' αυτό ήταν τόσο υπέροχη.

Ο Άντι βρισκόταν ξαπλωμένος στην αγκαλιά μου. Ενώ χάιδευα τα μαλλιά του, μου είπε: «Θέλεις να με συνοδεύσεις ως επιβάτης στην επόμενη πτήση μου για Νέα Υόρκη; Έχω διαμονή για δύο διανυκτερεύσεις εκεί. Ξέρεις πόσο σπάνιο είναι αυτό. Είσαι ελεύθερη, έτσι δεν είναι;»

Αντί γι' απάντηση, τον φίλησα στο μέτωπο. Έδειχνε ν' απολαμβάνει εκείνες τις λίγες μέρες στο σπίτι και το ταξίδι μας στην Ελλάδα. Δεν τον είχε φοβίσει. Κι όμως, δεν επρόκειτο ν' αλλάξει τίποτα σε σχέση μ' εμάς. Όλα ήταν πάρα πολύ τέλεια για 'κείνον. Με είχε χωρίς καμία δέσμευση. Ζούσε το όνειρο κάθε άντρα. Κι εγώ τον διευκόλυνα.

Οι φίλοι μου πίστευαν ότι πουλούσα τον εαυτό μου πολύ φθηνά και πως δεν έπρεπε να συμβιβάζομαι. Θα έπρεπε να ξέρω καλύτερα τι αξίζω, να βάζω όρια και ν' αγαπώ τον εαυτό μου περισσότερο.

Πώς όμως υπολογίζει κανείς την αξία του και πότε θεωρείται πως αγαπάει τον εαυτό του αρκετά; Στη σημερινή κοινωνία του Ίνσταγκραμ και των συναφών μέσων κοινωνικής δικτύωσης, έχει ξεσπάσει μια πανδημία αυτοαγάπης. Γιατί κανείς δεν μιλάει για την ανιδιοτέλεια; Το να υπερεκτιμάει κανείς τι αξίζει και τι όχι, δεν έχει καμία σχέση με την αληθινή αγάπη. Όλοι μας αξίζουμε το καλύτερο. Κανείς περισσότερο ή λιγότερο. Όλοι αξίζουμε την αγάπη.

Η αληθινή αυτοαγάπη είναι όταν ΑΓΑΠΑΣ τον εαυτό σου. Και το κάνεις αυτό προσφέροντάς τον εαυτό σου στον άλλον, όχι όμως με μέτρο μόνο και μόνο επειδή μπορεί να μην σου δίνει την ίδια ποσότητα αγάπης σε αντάλλαγμα. Αν θέλεις αγάπη, τότε πρέπει να ΕΙΣΑΙ αυτή η αγάπη. Χωρίς μέτρα και συγκρίσεις. Η αξία σου δεν βρίσκεται στο πόσο σ' αγαπάει κάποιος άλλος, αλλά στο πόσο αγαπάς και τι προσφέρεις εσύ. Αυτή είναι η αξία σου.

Και δεν μιλάω για εκείνη την τοξική, αρρωστημένη εξάρτηση που καλύπτεται υπό τον μανδύα της αγάπης. Μιλάω για την αγάπη ως ελευθερία. Την αγάπη που είναι ελεύθερη από προσδοκίες, όρους και, πάνω απ' όλα, τον φόβο. Μιλάω για προσαρμοστικότητα, συμβιβασμό, ανοχή και κατανόηση. Η αγάπη δεν προέρχεται από τους άλλους. ΠΟΤΕ. Ξεκινά πάντα από τον εαυτό μας. Υπάρχουν απλώς άνθρωποι που βγάζουν προς τα έξω την αγάπη που υπήρχε πάντα μέσα μας. Κάποιοι περισσότερο, κάποιοι λιγότερο. Κάποιοι για μικρότερο διάστημα, κάποιοι για μια ολόκληρη ζωή. Κάπως έτσι ερωτευόμαστε αυτούς τους ανθρώπους.

Τι θα είχα χάσει αν είχα ακούσει κάποιες από τις συμβουλές που προσπαθούσαν να μου θέσουν όρια και περιορισμούς υπό το πρόσχημα της αυτοαγάπης! Το μόνο που θα είχαν κάνει θα ήταν να μ' εγκλωβίσουν, τίποτα περισσότερο.

Κι έτσι ήρθε η ώρα να πετάξουμε ξανά με προορισμό τη βασίλισσα του τσιμέντου, τη Νέα Υόρκη. Εκείνη τη φορά, ήμουν η σύντροφός του όσο δούλευε.

Ήταν κάτι ξεχωριστό για μένα. Ήταν κάτι μικρό, αλλά ήταν ό,τι ακριβώς έψαχνα. Χαιρόμουν για τα μικρά πράγματα που ένα κανονικό ζευγάρι δεν θα πρόσεχε καν. Ό,τι είχε να κάνει μ' εμάς, ήταν σαν ένα μικρό θαύμα. Τουλάχιστον για μένα.

Οι φίλοι μου έλεγαν να μην είμαι τόσο υπερβολικά γλυκανάλατη με όλα. Τα πάντα ήταν τόσο υπέροχα, όμορφα και μαγικά. Ήξερα ακριβώς τι εννοούσαν. Έπρεπε όμως να λέω ψέματα; Να τα παρουσιάζω πιο ασήμαντα απ' ό,τι ήταν; Ήταν απλώς η πραγματικότητα.

Η αλήθεια είναι πως η ιστορία μας δεν θα μπορούσε να είναι πιο γλυκανάλατη. Το ειδύλλιό μας ήταν κινηματογραφικό και απολάμβανα κάθε στιγμή εκείνης της ρομαντικής ταινίας - ή μήπως θα έπρεπε να πω ρομαντικού δράματος;

Ο Άντι ήταν σαν ένας φάρος στην ακτή και ταυτόχρονα η ίδια η καταιγίδα.

Check-in 13

Ήταν μια ηλιόλουστη μέρα του Ιουνίου στη Νέα Υόρκη και η πόλη έσφυζε από ζωή. Εκείνη τη φορά θέλαμε να ξεφύγουμε απ' τη βαβούρα του κέντρου, οπότε αποφασίσαμε να περάσουμε τη μέρα μας στην παραλία του Κόνι Άιλαντ.

Οι ρόδες λούνα παρκ και οι πάγκοι με τα χοτ ντογκ είχαν βουλιάξει από κόσμο. Μετά από μια μεγάλη βόλτα κατά μήκος της παραλίας, αποφασίσαμε να καθίσουμε σ' ένα μπαρ με θέα τον Ατλαντικό, όπου ήπιαμε τον μηλίτη μας αφήνοντας την κίνηση γύρω μας να μας παρασύρει.

Κάτι στο στομάχι μου, όμως, ήταν εκτός. Διαισθανόμουν κάποια απόσταση μεταξύ μας που δεν μου ήταν οικεία. Δεν ήταν κάτι που μπορούσες να παρατηρήσεις εξωτερικά, ωστόσο εγώ το ένιωθα μέσα μου.

Κάτι είχε συμβεί.

Παρ' όλα αυτά, δεν ρώτησα τίποτα. Ίσως να έκανα λάθος και να ήταν όλα στην φαντασία μου. Άφησέ το, σκέφτηκα. Αν όντως είχε συμβεί κάτι, θα φαινόταν στην πορεία.

Μιλήσαμε για τον γάμο στην οργάνωση του οποίου είχε συμβάλει ως κουμπάρος λίγες μέρες νωρίτερα. Είχε καταβάλει μεγάλη προσπάθεια, ενώ είχε προσφέρει και κάποιες πολύ ρομαντικές και συγκινητικές ιδέες στο ζευγάρι. Ο ίδιος φαίνεται να είχε διασκεδάσει πολύ στον γάμο. Η ρομαντική κι ευγενική πλευρά του εαυτού του ήταν εμφανής. Ήταν ξεκάθαρο πως πίστευε στη μεγάλη αγάπη, γι' αυτό και τη φοβόταν μάλλον τόσο πολύ.

Η ολοφάνερη ευτυχία της νύφης και του γαμπρού σ' εκείνον τον γάμο του είχε δείξει πόσο ρόλο παίζει ο χαρακτήρας μιας γυναίκας πέρα απ' την εμφάνισή της. Θεωρούσε επίσης σημαντικό να είναι η γυναίκα εξίσου ελκυστική με τον άντρα.

Παρόλο που μιλούσε πολύ γενικά, αισθανόμουν σαν μου απευθύνεται. Τον ρώτησα αν στα μάτια του ήμουν απλώς όμορφη και τίποτα παραπάνω.

Έπιασε το ποτήρι μου και το τοποθέτησε στο τραπέζι δίπλα μας ώστε να μπορέσει να κρατήσει το χέρι μου στο δικό του.

«Έχεις τα πάντα», είπε. «Κι αυτό είναι πολύ καλό για να 'ναι αληθινό. Δεν ξέρω αν γνωρίζω την πραγματική Μάγια ή αν θα μου δείξει το πραγματικό της πρόσωπο αργότερα. Φοβάμαι ότι μια μέρα θα ξυπνήσω απότομα και θα συνειδητοποιήσω ότι ονειρευόμουν».

Για κάποιον λόγο που δεν μπορούσα να καταλάβω, εκείνος ο γάμος τον είχε κάνει ν' αμφιβάλλει. Κυρίως επειδή, κατά τη γνώμη του, οι νεόνυμφοι ανήκαν στην ίδια κλίμακα ελκυστικότητας, όπως και έπρεπε. Συνεπώς, στο δικό του σύμπαν, δεν θα ταιριάζαμε μαζί. Τουλάχιστον έτσι το ερμήνευσα εγώ εκείνη τη στιγμή. Κι η ερμηνεία αυτή ενισχύθηκε από εκείνη την παράξενη αίσθηση πως κάτι είχε μπει ανάμεσά μας ύστερα από εκείνον τον γάμο. Ήταν σκεφτικός κι επιφυλακτικός.

Πίσω στο ξενοδοχείο, συνέχισε να μιλάει ενώ βρισκόμασταν στο ντους. Προσπαθούσε να ξεκαθαρίσει τις σκέψεις του. Μόνο που εκείνη τη φορά φαινόταν εξαιρετικά ευαίσθητος. Τα λόγια του ήταν μπερδεμένα και αντανακλούσαν απόλυτα τα συναισθήματά του.

«Θα ήθελα να πετύχω αυτό που πέτυχαν οι γονείς μου. Έναν ευτυχισμένο γάμο για μια ολόκληρη ζωή. Την ίδια στιγμή, δυσκολεύομαι τρομερά να φανταστώ πώς θα μπορούσε να συμβεί αυτό. Έχω την ανάγκη να νιώθω ελεύθερος, να μην έχω περιορισμούς και δεσμεύσεις. Πώς γίνεται να τα συνδυάσεις όλα αυτά;»

«Γιατί δεν τους ρωτάς πώς τα κατάφεραν;» αστειεύτηκα.

Στην πραγματικότητα δεν είχα καμία όρεξη γι' αστεία. Στεκόμουν μπροστά του, γυμνή και βρεγμένη, κι απλώς τον άκουγα. Καταλάβαινα ακριβώς τι εννοούσε. Ποιος ήταν, όμως, ο δικός μου

88

ρόλος σ' όλη εκείνη την ιστορία; Ήμουν μια παροδική απόλαυση μέχρι να εμφανιστεί η κατάλληλη; Παρόλο που είχα δουλέψει τις απαντήσεις μου σ' εκείνου του είδους σκέψεις και είχα αποκτήσει τα κατάλληλα εργαλεία για να τις αντιμετωπίζω με τρόπο που να μου ταιριάζει, εκείνα τα ερωτήματα συνέχιζαν να κρέμονται απ' τα χείλη μου χωρίς να μπορούν να βρουν κάποια διέξοδο. Έκανα εκείνο που θα έκανα με όλους τους φίλους μου: προσπαθούσα ν' ακούω και να καταλαβαίνω με την καρδιά μου.

Δεν μπορούσα να κοιμηθώ εκείνο το βράδυ και σίγουρα δεν έφταιγε το τζετ λαγκ γι' αυτό. Απ' το παράθυρό μας μπορούσα να δω το Άγαλμα της Ελευθερίας. Ο Άντι κοιμόταν στο στήθος μου και τον κρατούσα σφιχτά στην αγκαλιά μου σαν να ήταν η τελευταία φορά. Λες και ήξερα. Δάκρυα έτρεξαν απ' το μάγουλό μου πάνω στα μαλλιά του.

Σ' εκείνες τις τελευταίες συγκεχυμένες συζητήσεις μας, με είχε κάνει να αισθάνομαι πως δεν αποτελούσα καθόλου μέρος της ζωής του. Σαν να μην υπήρχε καμία γυναίκα για 'κείνον, ούτε εγώ ούτε και καμία άλλη. Σαν να την έψαχνε ακόμα. Εκείνη τη μία που θα μπορούσε ν' αλλάξει τη ζωή του. Εκείνη που θα του ταίριαζε απόλυτα και θα πληρούσε όλα του τα κριτήρια. Ήταν ξεκάθαρο πως, σε ό,τι αφορούσε το μέλλον του, δεν υπήρχα πουθενά στο πλάνο.

Ένιωθα τόσο αποκλεισμένη.

Χωρίς να το καταλάβει, τα λόγια του είχαν παγώσει τα πάντα μέσα μου. Εκείνη τη φορά, τα πράγματα ήταν διαφορετικά από τις συζητήσεις περί σχέσεων που είχαμε κάνει παλιότερα. Ήταν γροθιά στο στομάχι. Ένιωθα παντελώς αόρατη, αλλά ήμουν εκεί! Βρισκόταν στην αγκαλιά μου! Τον αγαπούσα άνευ όρων, με υπομονή και κατανόηση, όμως εκείνος απλά δεν μ' έβλεπε! Μου ράγιζε την καρδιά.

«Γιατί δε με βλέπεις;» ψιθύρισα στο σκοτάδι.

Την επόμενη ήταν η μέρα αναχώρησης. Τα συναισθήματα της προηγούμενης νύχτας είχαν καταπνίξει όλα εκείνα για τα οποία είχα δουλέψει και τα οποία χτίσει μέσα μου στον ενάμιση χρόνο που γνωριζόμασταν με τον Άντι. Ήταν εκπληκτικό το γεγονός ότι δεν ήταν κάποια άλλη γυναίκα η αιτία που ένιωθα έτσι, αλλά εκείνο που με είχε κάνει να καταλάβω κατά τη διάρκεια των συζητήσεών μας: ότι δεν σήμαινα τίποτα για 'κείνον.

Ενώ πίναμε τον καφέ μας εκείνο το πρωί, δεν άντεξα να μείνω άλλο σιωπηλή. «Άντι, με θλίβει το γεγονός ότι θα μπορούσαμε να έχουμε την καλύτερη σχέση, αν απλά μας άφηνες».

«Αν ήθελα σχέση, θα ήταν σίγουρα μαζί σου, απάντησε. «Αλλά δεν ξέρω τι θέλω. Πρέπει να γίνει το κλικ στο κεφάλι μου και μέχρι να γίνει αυτό, δεν μπορώ να σου δώσω αυτό που ζητάς».

Όταν είχαμε συμφωνήσει να περάσουμε εκείνες τις μέρες στη Νέα Υόρκη μαζί, σίγουρα δεν περιμέναμε ότι θα αναπτυσσόταν τόση απόσταση μεταξύ μας.

Ενώ μαζεύαμε τα πράγματά μας απ' το ξενοδοχείο, ήμασταν κάπως αποκομμένοι ο ένας απ' τον άλλον. Ήταν λες και ένα τείχος είχε υψωθεί ανάμεσά μας, παρότι εξακολουθούσε να υπάρχει τρυφερότητα μεταξύ μας.

Δεν ήξερα τι να κάνω. Ήμουν μουδιασμένη. Ένιωθα θυμό, φόβο, αγάπη, αβεβαιότητα - όλα σε ένα.

Καθώς στεκόμαστ:αν στον έλεγχο ασφαλείας του αεροδρομίου και κοιταζόμασταν από απόσταση, πρόσεξα το βλέμμα του που ήταν γεμάτο θλίψη. Ύστερα κοίταξε κάτω. Ήταν η τελευταία οπτική επαφή που είχαμε πριν εκείνος μπει στο πιλοτήριό του κι εγώ πάρω τη θέση μου στην Business Class.

Μόλις το αεροπλάνο απογειώθηκε κι αφήσαμε το έδαφος κάτω από τα πόδια μας, ξέσπασα σε δάκρυα. Όλα τα καλά στα οποία είχα επικεντρωθεί για τόσο καιρό είχαν χαθεί μέσα στη μαύρη τρύπα της καρδιάς μου.

Τότε ήταν η στιγμή που το συνειδητοποίησα: είχε τελειώσει. Δεν είχα τη δύναμη να συνεχίσω άλλο πια.

Ένας συνάδελφος αεροσυνοδός σ' εκείνη την πτήση μου ανέφερε πως, όταν ο Άντι ρωτήθηκε αν ήμουν η κοπέλα του, είπε ότι ήμουν απλώς μια συνάδελφος. Παρόλο που ήταν αλήθεια και όντως πετούσαμε έτσι για πολύ καιρό, ήταν ένα καταραμένο ψέμα για μένα και την καρδιά μου εκείνη τη συγκεκριμένη στιγμή. Ήταν το κερασάκι στην τούρτα. Δεν ήμουν απλώς μια συνάδελφος του. Ήμουν πολλά περισσότερα απ' αυτό.

Ο θυμός μου ξεχύθηκε προς τα έξω. Ήταν λες και δεν άντεχε να καταπιέζεται άλλο κι έπρεπε να ξεσπάσει. Το ποτήρι είχε ξεχειλίσει.

Γιατί δεν μπορείς να με υπερασπιστείς; Γιατί με αρνείσαι; Γιατί δεν με βλέπεις; Μετά από τόσον καιρό και συνεχίζεις να μην με βλέπεις!

Παρά τον θυμό που είχε συσσωρευτεί μέσα μου, προσπάθησα να κάνω χώρο στην αγάπη που ένιωθα για εκείνον τον άνθρωπο και να βρω τις σωστές λέξεις για να τον αποχαιρετήσω μ' ένα μήνυμα.

Καθώς έγραφα, κοιτούσα έξω απ' το παράθυρο

τον έναστρο ουρανό, γεμάτη εμπιστοσύνη πως, ό,τι κι αν συνέβαινε, θα ήταν το σωστό -τουλάχιστον για την ώρα. Είχα αποφασίσει πως θα κατέβαινα απ' το αεροπλάνο και θα πήγαινα κατευθείαν στο σπίτι. Κυριολεκτικά θα το έσκαγα.

Δεν μπορούσα να σταματήσω να κλαίω στη σκέψη ότι εκείνες ήταν οι τελευταίες ώρες που βρισκόταν ακόμα τόσο κοντά μου, λίγα μόλις μέτρα μακριά, πιλοτάροντας εκείνο το αεροπλάνο.

Καθώς ετοιμαζόμασταν να προσγειωθούμε κι άκουσα τη σχετική ανακοίνωση του πιλότου, προσπάθησα ν' απομνημονεύσω τη φωνή του στη μνήμη μου. Μια φωνή που αγαπούσα και που είχε καταφέρει να ξυπνήσει μέσα μου μια νέα ζωή.

Ένιωσα να διαλύομαι ενώ κατέβαινα απ' το αεροπλάνο χωρίς να τον αποχαιρετήσω, αφήνοντάς του μόνο ένα μήνυμα:

Άντι, σ' ευχαριστώ που με πήρες μαζί σου. Σ' ευχαριστώ γι' αυτές τις υπέροχες μέρες και για τον τελευταίο ενάμιση χρόνο. Είμαι ευγνώμων για κάθε δευτερόλεπτο. Θα κουβαλάω μαζί μου τις στιγμές μας σαν θησαυρό για το υπόλοιπο της ζωής μου. Οι αναμνήσεις είναι πολλές κι απίστευτα όμορφες για να μπορέσω να τις εριγράψω με λέξεις. Κι όπως είπα νωρίτερα, τίποτα για μένα δεν θ' άξιζε περισσότερο απ' το να συνεχίσουμε έτσι για πάντα στον μικρό μας παράδεισο.

Παρόλο που δεν θέλω τίποτα πιο πολύ απ' το να σ' έχω στη ζωή μου, δεν μπορώ ν' αποδιώξω την αίσθηση ότι πρέπει να φύγω. Υποψιάζομαι πως μια μέρα ίσως το μετανιώσω, ξέρω όμως ότι δεν έχω άλλη επιλογή.

Αισθάνομαι τόσο άσχημα αυτή τη στιγμή που δεν είχα τη δύναμη να σ' αποχαιρετήσω, αλλά θα πονούσε πάρα πολύ το να σ' έβλεπα για τελευταία φορά.
Μη με ξεχάσεις...

Υ.Γ.: Τέλεια προσγείωση, όπως πάντα.

Check-in 14

Έπρεπε να ραγίσω την καρδιά μου για να λάβω αναγνώριση απ' όλες τις πλευρές.

«Έκανες το σωστό, Μάγια», έλεγαν οι φίλοι. «Δεν μπορεί να τα έχει όλα όπως τον βολεύει. Ελεύθερο πάσο για ν' απατάει και συγχρόνως να έχει μια σταθερή γυναίκα στο πλευρό του, όποτε αυτό τον εξυπηρετεί».

Πόσο δίκιο είχαν όλοι. Δεν μπορούσα να συνεχίσω έτσι. Έπρεπε να βάλω επιτέλους κάποια όρια. Ν' ακολουθήσω όλες εκείνες τις συμβουλές και να κάνω αυτό που υποτίθεται ότι ήταν το σωστό για μένα. Το να τελειώσω την όλη ιστορία με τον Άντι ήταν η μόνη λογική λύση για να προστατεύσω τον εαυτό μου.

Η άλλη πλευρά είχε κερδίσει τελικά. Όλοι οι νέοι σπόροι που είχα φυτέψει στην καρδιά μου για απεριόριστη και άνευ όρων αγάπη είχαν αποβεί άκαρποι. Μετά το διαζύγιο, είχα πέσει με τα μούτρα στην επόμενη απογοήτευση.

Το διαζύγιο, όμως, δεν είχε πονέσει τόσο πολύ όσο εκείνος ο χωρισμός. Ένιωθα δυστυχισμένη. Το να ξέρω πως εκείνη η παραμυθένια εποχή είχε πια τελειώσει με στεναχωρούσε περισσότερο από οτιδήποτε άλλο στο παρελθόν.

Ήταν οι δυνατότητες που έβλεπα σ' εμάς κι εκείνο το σπάνιο δέσιμο μεταξύ μας που με είχαν παρασύρει. Απ' την αρχή είχα προσπαθήσει να βλέπω μόνο τα θετικά και ν' απολαμβάνω απλώς τη στιγμή, ανεξάρτητα από ετικέτες ή απ' το αν ήμουν η μόνη στη ζωή του. Ωστόσο, είχε έρθει πια η ώρα να δω μήπως τελικά είχα ντύσει στο μυαλό μου την ιδέα των δυο μας μαζί με ένα φανταστικό ροζ πέπλο. Ίσως να είχα δει πράγματα που δεν υπήρχαν ή να τα είχα παρερμηνεύσει. Ίσως να μην ήμουν τελικά τόσο καλή στο να διαβάζω την πυξίδα της καρδιάς μου, όσο νόμιζα.

Όπως κάθε νόμισμα έχει δύο όψεις, έτσι κι εμείς είχαμε τις δικές μας απ' την αρχή, την καλή και την κακή. Από εμάς εξαρτάται πάντα σε ποια πλευρά θα εστιάσουμε.

Προσπαθούσα πλέον να επικεντρωθώ στα αρνητικά εκείνης της σχέσης προκειμένου να δικαιολογήσω την απόφασή μου να φύγω. Κανείς δεν εξεπλάγη. Όλοι το περίμεναν.

Ωστόσο, αυτό δεν με βοηθούσε. Υπέφερα. Κάθε φορά που πήγαινα στο αεροδρόμιο, κάθε φορά που επιβιβαζόμουν στο αεροπλάνο με το οποίο είχαμε πετάξει μαζί ή κάθε φορά που έπρεπε ν' αντιμετωπίσω κάποιον που μπορεί ν' ανέφερε τ' όνομά του, αισθανόμουν φριχτά. Το να πετάω σήμαινε πια τη συντριβή του joie de vivre μου.

96

Όπου είχαμε βρεθεί μαζί, μας έβλεπα κάπου στην άκρη του μυαλού μου σαν ταινία που έπαιζε μπροστά μου ξανά και ξανά. Είτε ήταν κάπου στον κόσμο είτε στο σπίτι, έβλεπα τον Άντι συνεχώς σε κάθε γωνιά όπου είχε σταθεί. Συνειδητοποίησα πόσα πολλά είχαμε ζήσει σε τόσο σύντομο χρονικό διάστημα. Περισσότερα απ' όσα κάποια ζευγάρια μπορεί να βιώσουν ποτέ σ' ολόκληρη τη ζωή τους.

Μου έλειπε τόσο πολύ. Το γεγονός ότι δεν είχε απαντήσει καν στο τελευταίο μου μήνυμα το έκανε ακόμα πιο δύσκολο.

Πώς ήταν δυνατό να νιώθω τόσο συντετριμμένη στην ηλικία που ήμουν; Πού ήταν όλη η εμπειρία και η σοφία μου μετά από τόσους χωρισμούς; Ήξερα καλά ότι ο χρόνος γιατρεύει όλες τις πληγές. Ο πόνος της καρδιάς απλώς χρειάζεται χρόνο για να επουλωθεί. Και κάπως έτσι έρχεται η επόμενη σχέση και ξεχνάς αμέσως τα δράματα της προηγούμενης.

Όταν όμως είσαι κοντά στα σαράντα, τα πράγματα είναι εντελώς διαφορετικά. Κατά κάποιο τρόπο, στην ηλικία αυτή συχνά σκέφτεσαι ότι δεν έχεις την πολυτέλεια να κάνεις άλλα λάθη. Δεν έχεις τόσο χρόνο όσο είχες όταν ήσουν στα είκοσι πέντε σου. Δεν θέλεις να βγαίνεις σε κλαμπ και να χαμουρεύεσαι με άλλους μεθυσμένους εικοσάρηδες. Ωστόσο, ούτε το να μένεις κλεισμένη συνέχεια στο σπίτι βοηθάει. Βρίσκεσαι σε μια ηλικία που από τη μία είναι πολύ κουραστικό να διασκεδάζεις, από την άλλη, όμως, είσαι ακόμα αρκετά νέα ώστε να ξαναβρείς την αγάπη. Δεν είχα όρεξη για τίποτα απ' τα δύο. Έτσι αποφάσισα να κάνω αυτό που ήξερα καλύτερα: να ταξιδέψω. Επέλεξα την αγαπημένη μου Ελλάδα, όπου θα μπορούσα να βρίσκομαι κοντά στην οικογένεια και τους φίλους μου και ν' απολαμβάνω τις υπέροχες ελληνικές παραλίες με καλό φαγητό και κρασί. Στην ηλικία μου, εκείνα ήταν τα βασικά συστατικά που τροφοδοτούσαν τη ζωή μου. Μου χάριζαν ποιότητα ζωής και εσωτερική γαλήνη.

Πριν από εκείνες τις σύντομες διακοπές, έπρεπε πρώτα να κάνω μια πτήση προς Λος Άντζελες.

Αγαπούσα το Λος Άντζελες. Οι μεγάλοι περίπατοι κατά μήκος της παραλίας του Ειρηνικού με τους χαρακτηριστικούς της φοίνικες, το απόλυτο γαλάζιο του καλιφορνέζικου ουρανού κι ο ιδιαίτερος τρόπος ζωής της Καλιφόρνιας ήταν μερικά απ' τα πράγματα που με θεράπευαν. Με πήγαιναν πολλά χρόνια πίσω, κάπου στα είκοσί μου χρόνια, όταν είχα πάει να ζήσω εκεί για έναν χρόνο κατά τη διάρκεια της εκπαίδευσής μου στον χορό.

Καθόμουν στην παραλία Ελ Ματαδόρ κι άκουγα τα κύματα, ενώ οι ακτίνες του ήλιου χάριζαν στο δέρμα μου μια ευχάριστη ζεστασιά. Στεκόμουν στη σιωπή προσπαθώντας ν' αφουγκραστώ την εσωτερική μου φωνή που με είχε φέρει ως εκείνο το σημείο, αψηφώντας κάθε άλλη φωνή και άποψη.

Παρ' όλον τον πόνο και την απώλεια, εκείνο που κυριαρχούσε μέσα μου ήταν ευγνωμοσύνη. Ευγνωμοσύνη για όλα όσα είχα βιώσει και ιδίως για εκείνο το πολύτιμο δώρο ονόματι Άντι που είχε έρθει στη ζωή μου την πιο δύσκολη στιγμή για να τη γλυκάνει. Μου είχε δοθεί η ευκαιρία ν' αγαπήσω μ' έναν νέο και, κυρίως, διαφορετικό τρόπο. Και ως ανταμοιβή για το θάρρος μου, μου είχαν δοθεί όλες εκείνες οι όμορφες αναμνήσεις που πονούσαν πια τόσο πολύ.

Αναγνώρισα επίσης μια ομορφιά σ' εκείνον τον πόνο. Ο πόνος δεν είναι πάντα κάτι κακό. Είναι το έδαφος μέσα στο οποίο φυτρώνει η ανάπτυξη και η σοφία. Ναι, ο Άντι μου έλειπε φριχτά κι η απουσία του πονούσε βαθιά. Κι όμως, εκείνη τη στιγμή, ολόκληρος ο ωκεανός απλωνόταν μπροστά μου, ενώ κάτι μέσα μου ψιθύριζε πως έπρεπε να εμπιστευτώ εκείνον τον πόνο και πως κάτι καλό θα έβγαινε τελικά από 'κείνον.

Ήταν ωραία αίσθηση να μην πολεμάω τον πόνο, αλλά να τον καλωσορίζω. Κατά κάποιο τρόπο, γινόταν πιο ελαφρύς όταν δεν προσπαθούσα να τον καταπιέσω. Ίσως και να ήταν απαραίτητος για να μπορέσω να δω τα πράγματα στην αληθινή τους διάσταση.

Τι σημαίνει αυτό; Σημαίνει πως καμιά φορά πρέπει να βάζουμε φρένο στην εσωτερική μας πάλη και τον αρνητισμό που μας καταβάλλει. Πως πρέπει ν' ανοίγουμε την καρδιά μας και να είμαστε έτοιμοι να δεχτούμε τα πάντα χωρίς καμία αντίσταση. Να δείχνουμε εμπιστοσύνη, γιατί κατά βάθος ξέρουμε πως, όλα όσα μας ανήκουν, θα έρθουν να μας βρουν με τον καλύτερο δυνατό τρόπο, την πιο κατάλληλη στιγμή.

Κι ενώ καθόμουν σ' εκείνον τον τυχαίο βράχο της παραλίας του Ειρηνικού, ένιωσα την ψυχή μου ν' αγαλλιάζει. Δάκρυα έτρεξαν στο πρόσωπό μου. Δάκρυα πόνου αλλά και απόλυτης απελευθέρωσης, αφού πια ήξερα σίγουρα πως όλα θα εξελίσσονταν όπως έπρεπε, αρκεί να παρέμενα ευγνώμων και ανοιχτή στην αγάπη.

Χωρίς να έχω καμία απόδειξη, το ένιωθα. Δεν είχα εικόνα και δεν μπορούσα να το προσδιορίσω, αλλά αισθανόμουν την πρόθεση της ζωής να μου κάνει καλό, χωρίς να ξέρω το πώς, το πότε ή το πού.

Εκείνη η στιγμή ήταν σαν ένα χτύπημα στην πλάτη από το ίδιο το σύμπαν που έλεγε:

«Έχε μου εμπιστοσύνη, ξέρω τι κάνω».

100

Check-in 15

Μετά από εκείνη την πτήση στο Λος Άντζελες πάλι πίσω στη Ζυρίχη παρέλαβα τα φρεσκοπλυμένα πουκάμισα της στολής μου απ' το εταιρικό πλυντήριο και κατευθύνθηκα προς το γκαράζ με τη βαλίτσα μου, εντελώς εξαντλημένη.

Ενώ περπατούσα, άρχισα να φαντάζομαι πως θα γυρνούσα και θα έβρισκα ένα σημείωμα απ' τον Άντι στο αυτοκίνητό μου. Κάναμε συχνά τέτοιες εκπλήξεις ο ένας στον άλλον στο παρελθόν. Τη μια μπορεί να ήταν ζαχαρωτά αρκουδάκια, την άλλη μια κλήση για παράνομο παρκάρισμα που μπορούσε να εξαργυρωθεί μόνο με χίλια φιλιά. Αναλογίστηκα πόσο ωραίο θα ήταν να είχα τουλάχιστον ένα σημάδι ζωής από 'κείνον μετά από έναν ολόκληρο μήνα. Το να συναντηθούμε εκεί πέρα θα ήταν αρκετά απίθανο· δεν συνέβαινε σχεδόν ποτέ με την τόση πληθώρα αεροσυνοδών, πιλότων και γραφειακών υπαλλήλων.

Καθώς άνοιγα το πορτμπαγκάζ, είδα ένα σημείωμα μέσα απ' το άνοιγμα του παρμπρίζ μου. Η καρδιά μου σταμάτησε. Ήξερα ότι θα μπορούσε να είναι μόνο από 'κείνον.

Σταμάτησα για μια στιγμή σκεπτόμενη: Δεν μπορεί, απλώς το φαντάστηκα!

Ενθουσιασμένη, έσπευσα να πιάσω το σημείωμα. Το ξεδίπλωσα και διάβασα:

Μου λείπεις τόσο πολύ!

Παρόλο που δεν έγραφε όνομα, δεν υπήρχε καμία αμφιβολία από ποιον ήταν. Ένα χαμόγελο ζωγραφίστηκε στο πρόσωπό μου.

Αν όμως του έλειπα τόσο πολύ, γιατί δεν έκανε τίποτα; Γιατί δεν με βομβάρδιζε με τηλεφωνήματα και μηνύματα; Γιατί δεν πάλευε για μένα;

Το αρχικό μου χαμόγελο ξεθώριασε. Εκείνο το σημείωμα δεν ήταν αρκετό. Κι όμως είχε κάνει την καρδιά μου να χοροπηδήσει από χαρά. Με σκεφτόταν. Του έλειπα. Ένιωσα ευγνωμοσύνη γι' αυτό.

Έτσι επέλεξα να δω το μήνυμά του ως ένα δώρο απ' το σύμπαν κι όχι ως τροφή για τα αρνητικά μου συναισθήματα ή ως δικαιολογία για την απογοήτευσή μου. Ήταν σαν βάλσαμο για την ψυχή μου εκείνη τη στιγμή, ωστόσο δεν ήταν αρκετό για ν' αλλάξει την κατάσταση. Τουλάχιστον όχι απ' την πλευρά μου. Αποφάσισα, λοιπόν, να μην αντιδράσω καθόλου κι απλώς να το απολαύσω.

Καθώς πλησίαζαν οι διακοπές μου στην Ελλάδα, η ανυπομονησία μου φούντωνε όλο και περισσότερο. Λες και οι διακοπές θα έδιναν τη λύση στα προβλήματά μου. Ίσως απλά να συνειδητοποιούσα πως η ζωή συνεχίζεται, πως ο Άντι δεν ήταν παρά ένα σύντομο αλλά γλυκό κεφάλαιο σ' αυτήν και πως ήταν καλύτερα που η ιστορία μας είχε τελειώσει.

Στην Ελλάδα, πέρασα μερικές υπέροχες μέρες στην παραλία, ενώ συζήτησα με πολλούς διαφορετικούς ανθρώπους για τη ζωή και τις σχέσεις. Είτε ήταν σε σχέση είτε όχι, παντρεμένοι ή εργένηδες, οι περισσότεροι είχαν κάτι για να παραπονεθούν. Προφανώς, καμία σχέση δεν ήταν τέλεια.

Φυσικά, αυτό δεν ήταν κάτι καινούριο, ωστόσο πλέον άκουγα τα πάντα διαφορετικά. Η αντίληψή μου ήταν διαφορετική. Πολύ πιο ξεκάθαρη και σίγουρη. Άκουγα χωρίς να κρίνω ή να έχω ήδη διαμορφωμένη άποψη. Παρατηρούσα το περιβάλλον μου και προσπαθούσα να είμαι ουδέτερη, χωρίς προκαταλήψεις. Υπήρχε κάτι απελευθερωτικό στο να είμαι απαλλαγμένη απ' την παρόρμηση να βάλω ετικέτες στα πράγματα ή να πρέπει να τα κατανοήσω. Αισθανόμουν μια περίεργη ικανοποίηση στην ιδέα του να μην γνωρίζω ή ακόμα και να μην καταλαβαίνω. Απλά ν' αφήνω τα πράγματα ως έχουν και ν' ακούω συνειδητά.

Σ' εκείνες τις διακοπές, το ενδιαφέρον και η

περιέργεια με οδήγησαν να δω την κατάσταση υπό μια νέα οπτική γωνία, η οποία όμως ήταν τελείως διαφορετική απ' ό,τι περίμενα. Όσο περισσότερο προσπαθούσα ν' αποσπάσω την προσοχή μου και να ξεχάσω τον Άντι, τόσο περισσότερο μου έλειπε και συνειδητοποιούσα πόσο σπουδαία σχέση είχαμε, ειδικά σε σύγκριση με άλλους. Σίγουρα απείχε πολύ απ' το ιδανικό. Αντιλαμβανόμουν, ωστόσο, ότι καμία σχέση -απολύτως καμία- δεν ήταν ιδανική. Πάντα θα υπήρχε κάποιο θέμα.

Γιατί, όμως, το ένα θέμα να είναι πιο αποδεκτό απ' το άλλο; Έβλεπα γύρω μου ανθρώπους που είχαν κάθε λογής προβλήματα για χίλιους δυο διαφορετικούς λόγους. Θα μπορούσε κανείς να βγάλει ποτέ μια ζυγαριά και να πει ότι το τάδε πρόβλημα ζυγίζει περισσότερο απ' το άλλο; Για κάποιους το πρόβλημα ήταν οι παράλληλες σχέσεις, γι' άλλους η ζήλια, ο εθισμός στα τυχερά παιχνίδια ή οι οικονομικές δυσκολίες, η ρουτίνα, το κακό σεξ ή η παντελής απουσία του σεξ, τα γονεϊκά προβλήματα, τα θέματα νοικοκυριού, οι κακές συνήθειες, η βία, οι εθισμοί, η κακή ή ελλειπής επικοινωνία, οι συνεχείς διαφωνίες, το άγχος και ούτω καθεξής.

Ποιο ακριβώς ήταν, λοιπόν, το δικό μου πρόβλημα με τον Άντι έξι εβδομάδες πριν; Ω ναι, ο φόβος του απέναντι στη δέσμευση και το ότι ένιωθα πως δεν χωρούσα στη ζωή του.

Τελικά, όμως, ήμουν καλύτερα χωρίς εκείνον;

Ούτε καν. Υπέφερα. Μου έλειπε. Η ζωή μαζί του, ακόμα και με τον φόβο του για κάθε είδους δέσμευση και την απουσία οποιασδήποτε προοπτικής, ήταν πολύ καλύτερη από μια ζωή χωρίς εκείνον.

Τι μ' εμπόδιζε λοιπόν;

Ο εγωισμός μου. Η περηφάνια μου. Ο εξωτερικός κόσμος. Και πάνω απ' όλα, το γεγονός ότι δεν έκανε τίποτα για να με ξανακερδίσει, πράγμα που επιβεβαίωνε το πόσο ασήμαντη ήμουν για 'κείνον.

Μήπως, όμως, σεβόταν απλά την απόφασή μου; Μήπως δεν ήθελε να με πληγώσει περισσότερο και γι' αυτό δεν έκανε τίποτα;

Ενώ καθόμουν στο μπαλκόνι μου ένα ζεστό καλοκαιρινό απόγευμα με είκοσι επτά βαθμούς Κελσίου απολαμβάνοντας ένα δροσερό καρπούζι με φέτα, κόντεψα να πνιγώ όταν είδα ένα μήνυμα με τ' όνομα του Άντι να εμφανίζεται στην οθόνη του κινητού μου.

Θεέ μου! Άρχισα να τρέμω. Ήταν το πρώτο του γραπτό μήνυμα αφότου είχα βάλει τέλος στην ιστορία μας κι αφότου είχε αφήσει εκείνο το σημείωμα στο αυτοκίνητό μου.

Για αρκετή ώρα, δεν μπορούσα να κοιτάξω το μήνυμά του. Φοβόμουν. Αλλά τι φοβόμουν; Πέρασαν είκοσι ολόκληρα λεπτά πριν τολμήσω τελικά να το κάνω.

Έγραφε:

Το τελευταίο σου μήνυμα πραγματικά μου ράγισε την καρδιά. Τα πάντα γύρω μου θυμίζουν εσένα, Μάγια. Πώς θα μπορούσα ποτέ να σε ξεχάσω;

Check-in 16

Τον είχα πληγώσει αφήνοντάς τον; Ούτε για ένα δευτερόλεπτο δεν μου είχε περάσει κάτι τέτοιο απ' το μυαλό. Λίγο πολύ τα είχε προκαλέσει όλα μόνος του. Θα μπορούσε να με έχει ολοκληρωτικά. Είχα φύγει μόνο και μόνο επειδή δεν μου είχε αφήσει άλλη επιλογή. Επειδή η επιθυμίες μου παρέμειναν ανεκπλήρωτες.

Αλλά για μισό λεπτό. Μιλάω εγώ για επιθυμίες, προσδοκίες και ιδέες; Η ιδέα μιας συγκεκριμένης ζωής με είχε οδηγήσει σ' έναν γάμο που κατέληξε σε διαζύγιο. Κι αν οι ιδέες κι οι επιθυμίες μου δεν ανταποκρίνονταν σ' εκείνο που η ζωή είχε σχεδιάσει για μένα;

Υπάρχει άραγε ελεύθερη βούληση αν, ούτως ή άλλως, όλα καταλήγουν μ' έναν συγκεκριμένο τρόπο; Θα έπρεπε να παραδοθώ στη ζωή σαν φύλλο στον άνεμο και να μην ευχηθώ ποτέ ξανά τίποτα, αφού δεν θ' άλλαζε κάτι, όπως και να 'χει; Οι πνευματικές διδαχές λένε ΝΑΙ! Η αληθινή εσωτερική γαλήνη βασιλεύει μόνο σε μια καρδιά που είναι απαλλαγμένη από επιθυμίες. Τι γίνεται όμως με τη βασική αρχή των παιδικών μας χρόνων, ότι δηλαδή πρέπει να πιστεύεις στα όνειρά σου για να γίνουν πραγματικότητα; Ποιο ήταν το σωστό;

Ίσως και τα δύο; Στην εποχή μας, υπάρχουν δύο πνευματικές στάσεις ζωής που, προσωπικά, βρίσκω ιδιαίτερα ενδιαφέρουσες:

1. Η ΔΥΝΑΜΗ ΤΗΣ ΕΛΞΗΣ. Ό,τι σκέφτεσαι, το έλκεις. Αυτό ισχύει τόσο για τα θετικά όσο και για τ' αρνητικά. Το θέμα είναι να νιώσεις πραγματικά αυτό που θέλεις στην καρδιά σου σαν να το έχεις ήδη λάβει με ευγνωμοσύνη και αυτό θα δημιουργήσει κάποιου είδους έλξη. Δυστυχώς, δεν έχω ακόμα την Πόρσε μου παρκαρισμένη στο γκαράζ. Κι όμως, πιστεύω ακράδαντα πως είμαστε οι δημιουργοί της δικής μας πραγματικότητας και πως η καρδιά είναι ένας τεράστιος μαγνήτης που έλκει ό,τι πραγματικά επιθυμούμε.

και

2. ΤΟ ΤΩΡΑ. Ο στόχος εδώ δεν είναι ν' αναζητήσουμε τη χαρά στο εξωτερικό μας περιβάλλον, αλλά να τη βρούμε μέσα μας. Στο εδώ και τώρα. Είναι το να ζεις συνειδητά στο σήμερα. Το να έχεις συνείδηση των μικρών πραγμάτων που είναι σημαντικά στη ζωή. Το να είσαι ελεύθερος από υλικές αξιώσεις και να δημιουργείς μια εσωτερική ειρήνη που θα σε απελευθερώσει απ'

όλα όσα σε περιορίζουν: τις επιθυμίες σου, το εγώ σου και, πάνω απ' όλα, την υπερβολική σκέψη. Ο μόνος πραγματικός χρόνος στον οποίο υπάρχουμε είναι το τώρα. Στην πραγματικότητα, δεν υπάρχει τίποτα άλλο πέρα από το τώρα. Δεν υπάρχει άλλη στιγμή.

Αυτές οι δύο στάσεις ζωής έχουν την εξής βασική διαφορά: η μία ζητάει κάτι κι η άλλη όχι. Στον πυρήνα τους, όμως, είναι ίδιες.

Μέχρι εκείνο το σημείο στη ζωή μου, είχα βιώσει και τις δύο πλευρές. Είχα δει πως τα όνειρα γίνονται πραγματικότητα όταν πιστεύεις σ' αυτά, ενώ έχω βιώσει και πόσο απελευθερωτικό μπορεί να είναι το να είσαι απαλλαγμένος από χίλιες δυο προσδοκίες κι επιθυμίες και να ζεις απλά στο εδώ και τώρα. Κι οι δύο πλευρές μπορεί να είναι εξίσου σωστές και σημαντικές, ανάλογα με την κατάσταση στην οποία βρίσκεται κανείς τη δεδομένη στιγμή.

Πού βρισκόμουν εγώ λοιπόν εκείνη τη στιγμή;

Η καρδιά μου χτυπούσε μόνο για τον Άντι. Η ξεχωριστή μας σύνδεση κι οι κοινές μας εμπειρίες άξιζαν πολύ περισσότερο από οποιαδήποτε όρια προσπαθούσαν να θέσουν η υπερηφάνεια κι ο εγωισμός μου, ώστε να μου δώσουν μια ψευδαίσθηση αυτοεκτίμησης.

Ξέρω ότι αξίζω και μπορώ να υπερασπιστώ τον εαυτό μου.

Όπως όλα στη ζωή όμως, έτσι κι αυτό είναι σχετικό. Τι νόημα έχει η αυτοεκτίμηση αν η καρδιά είναι πληγωμένη;

Ο Άντι δεν ήταν πλέον στη ζωή μου κι υπήρχε ένα τεράστιο κενό μέσα μου. Μου έλειπε η χαρά και πάνω απ' όλα, η αγάπη που ένιωθα για 'κείνον όταν ήταν κοντά μου. Κι όλα αυτά, επειδή πίστευα πως έτσι υπερασπιζόμουν τον εαυτό μου. Επειδή το μυαλό μου δεν μπορούσε να συλλάβει την έννοια της ανιδιοτέλειας. Ένιωθα ότι ήμουν αόρατη και ασήμαντη, όχι όμως στην καρδιά μου, παρά μόνο με την σκέψη μου. Στην καρδιά μου, ποτέ δεν είχα νιώσει μεγαλύτερη εκτίμηση κι αγάπη απ' όση είχα νιώσει με τον Άντι.

Η συνειδητοποίηση μου ήρθε σαν χαστούκι.

Γαμώτο, τι έκανα;

Check-in 17

Αυτό δεν το περίμενα. Είχα πάει διακοπές με σκοπό να ξεπεράσω τον Άντι και αντ' αυτού είχα επιστρέψει συνειδητοποιώντας ότι δεν ήθελα τίποτα περισσότερο στον κόσμο από ό,τι εκείνον.

Υπήρχε μόνο ένα πρόβλημα: δεν μπορούσα να κάνω τίποτα. Πώς θα μπορούσα να επιστρέψω σε κάποιον που δεν μου το είχε ζητήσει; Το να κάνω το πρώτο βήμα δεν ήταν καν στις επιλογές μου. Θα υποβαθμιζόμουν τόσο πολύ στα μάτια του που θα έχανε κάθε σεβασμό στο πρόσωπό μου. Πόσο βαθιά ριζωμένη είναι η ανάγκη μας ν' αναλύουμε τα πράγματα σύμφωνα με συγκεκριμένα μοτίβα, ακόμα κι όταν αυτά βασίζονται ασυνείδητα στον εγωισμό και την υπερηφάνεια μας!

Υπήρχε όμως κάτι που πάντα με βοηθούσε να βγω απ' τη δύσκολη θέση: η ίδια η ζωή. Γιατί αν κάτι ήταν να συμβεί, θα συνέβαινε είτε παρέμβαινα είτε όχι, είτε πίστευα σ' αυτό είτε όχι. Κι επειδή είχα ήδη μάθει να εμπιστεύομαι τη ζωή και ό,τι εκείνη μου επιφύλασσε, έκανα ακριβώς αυτό. Προσπάθησα ν' αφεθώ, να μην κάνω απολύτως τίποτα και ν' αφήσω να επικρατήσει η μεγαλύτερη αρετή μου: η υπομονή. Σκέφτηκα ότι αν του έλειπα κι αν όντως ήταν το σωστό και για τους δυο μας, η ζωή θα έβρισκε τον τρόπο.

Συχνά είναι σοκαριστικός ο τρόπος που επιλέγει να το κάνει. Όχι, το σύμπαν δεν είναι η καλή νεράιδα, όπως στα παραμύθια. Είναι χαοτικό, βίαιο, σκληρό. Πάντα όμως έχει έναν συγκεκριμένο σκοπό. Τουλάχιστον έτσι το εξηγεί η αστροφυσική. Το σύμπαν κινεί τα νήματά του κι εμείς δεν είμαστε παρά μαριονέτες που χορεύουν στους ρυθμούς του.

Συνέβη ένα ζεστό πρωινό του Αυγούστου. Μόλις είχα παρκάρει το αυτοκίνητό μου στο γκαράζ του αεροδρομίου. Δύο θέσεις πιο πέρα, είδα παρκαρισμένο το αυτοκίνητο του Άντι. Με στεναχωρούσε που δεν ήξερα πού βρισκόταν στον κόσμο. Κάποτε γνώριζα τα δρομολόγιά του σε καθημερινή βάση.

Αυτό είναι πάντα το χειρότερο συναίσθημα μετά από έναν χωρισμό. Από εκεί που κάποτε μοιραζόσουν τα πάντα με κάποιον, ξαφνικά είσαστε σαν δύο ξένοι. Πρόκειται για ένα απ' τα πιο άσχημα συναισθήματα στον κόσμο. Με τον πρώην σύζυγό μου ήμασταν μαζί σχεδόν επτά χρόνια, εκ των οποίων τα πέντε ήμασταν παντρεμένοι, κι από τη μια μέρα στην άλλη είχαμε σταματήσει να μιλάμε. Όλη εκείνη η ζωή που είχαμε μοιραστεί κάποτε είχε απλά εξαφανιστεί. Ήταν οδυνηρό· κάτι σαν θάνατος αγαπημένου προσώπου.

Δεν είναι ακριβώς αυτό το συναίσθημα που θέλουμε ν' αποφύγουμε σε κάθε σχέση; Προσπαθούμε πάση θυσία να ξεφύγουμε απ' τον πόνο του χωρισμού με αποτέλεσμα συχνά ν' ανεχόμαστε πράγματα που γνωρίζουμε με βεβαιότητα ότι δεν είναι η πραγματική ζωή. Έτσι δεν αφήνουμε τη ζωή να ξεδιπλώσει όλες τις προοπτικές της, αφού επιλέγουμε να μένουμε εκεί όπου όλα είναι βολικά και άνετα, μόνο και μόνο εξαιτίας του φόβου μας απέναντι στην αλλαγή και τη μοναξιά.

Ο φόβος μπορεί να μας παραλύσει. Έχουμε μόνο μια ζωή πάνω σ' αυτή τη γη -μια τόσο σύντομη και πολύτιμη ζωή μέσα στο άπειρο του σύμπαντος- και παρ' όλα αυτά επιλέγουμε τον φόβο αντί για τα θαύματα. Τι τρομερή σπατάλη χρόνου!

Στεκόμουν λοιπόν εκεί και ξεφόρτωνα τις βαλίτσες μου, όταν άκουσα πίσω μου μερικά βήματα. Γύρισα το κεφάλι μου και είδα τον Άντι να πλησιάζει.

Μα, πώς ήταν δυνατόν;

Με τέσσερις χιλιάδες αεροσυνοδούς, χίλιους πεντακόσιους πιλότους, όλους τους παγκόσμιους προορισμούς, τις απεριόριστες δυνατότητες προγραμματισμού και όλες τις ενδιάμεσες μέρες χωρίς πτήσεις, πώς γινόταν να στέκεται εκεί;! Πώς ήταν δυνατό να είμαστε μόνο οι δυο μας στο κατά τ' άλλα έρημο εκείνη τη στιγμή γκαράζ;

Μερικές φορές ο συγχρονισμός του σύμπαντος με ανατρίχιαζε. Δεν γινόταν να μην πιστεύω στα θαύματα.

Μείναμε να κοιταζόμαστε κι οι δυο σοκαρισμένοι. Ύστερα τρέξαμε και πέσαμε ο ένας στην αγκαλιά του άλλου. Μείναμε εκεί σφιχτά αγκαλιασμένοι χωρίς να πούμε λέξη, θαρρείς για μια αιωνιότητα. Ακριβώς στο σημείο όπου είχαμε φιληθεί για πρώτη φορά.

Έσπασα πρώτη τον πάγο. «Πώς είσαι;»

«Έτσι κι έτσι», απάντησε δειλά. «Εσύ;»

«Εμ, είμαι καλά», μουρμούρισα. Για να ενισχύσω λίγο την κατάσταση, συνέχισα την κουβέντα χαλαρά. «Από πού ήρθες τώρα;»

«Γιοχάνεσμπουργκ. Εσύ τι κάνεις εδώ τέτοια ώρα;»

«Είμαι σε αναμονή στο αεροδρόμιο μέχρι τις τέσσερις το απόγευμα και δυστυχώς πρέπει να μπω μέσα».

«Σε παρακαλώ, μην φύγεις τώρα. Θέλω να σε ξαναδώ», ψιθύρισε.

«Το θέλω κι εγώ, αλλά πρέπει να καταλάβεις ότι χρειάζεται να μιλήσουμε».

«Εντάξει», συμφώνησε αμέσως. «Θα περάσω

114

απ' το σπίτι σου στις πέντε το απόγευμα. Είναι εντάξει;»

Αντί γι' απάντηση, τον αγκάλιασα. Εκείνος, όμως, έστρεψε απαλά το κεφάλι μου προς το μέρος του και μου έδωσε ένα φιλί. Ήταν ένα από εκείνα τα φιλιά σε αργή κίνηση που κάνουν τον χρόνο να παγώνει κι όλος ο κόσμος σταματάει για λίγο να γυρίζει. Θεέ μου, πόσο μου είχαν λείψει εκείνα τα χείλη!

Ένιωθα ζαλισμένη για πολλή ώρα μετά από 'κείνη τη συνάντηση. Είχε συμβεί στ' αλήθεια;

Φυσικά και ήθελα να τον ξαναδώ, αλλά είχα πολύ άγχος για τη συζήτηση που έπρεπε να κάνουμε. Δεν είχα ιδέα τι ακριβώς ήθελα να πω. Με ενδιέφερε πολύ περισσότερο ν' ακούσω τι είχε να μου πει εκείνος.

Το θέμα ήταν ότι, λίγο πολύ, είχαμε οδηγηθεί σ' εκείνη την κατάσταση. Στην πραγματικότητα, ήταν ό,τι καλύτερο θα μπορούσε να μας συμβεί. Διότι χωρίς εκείνη τη συνάντηση, πιθανότατα θα είχαμε πέσει θύμα της ανελέητης φύσης του χρόνου. Όπως άλλωστε λέει και μια παροιμία: μάτια που δεν βλέπονται γρήγορα λησμονιούνται.

Τον είχα προσκαλέσει σε μια συζήτηση απ' την οποία δεν είχα ιδέα τι ήλπιζα να κερδίσω. Όταν, όμως, η ίδια η ζωή παίρνει τα ηνία τόσο δυναμικά όσο σ' εκείνη την τυχαία μας συνάντηση, δεν έχεις άλλη επιλογή απ' το να παραδοθείς απλά σ' αυτό που συμβαίνει.

Έτσι, ύστερα από περίπου δύο μήνες που ήμασταν χώρια, στεκόταν στο κατώφλι μου μ' εκείνα τα πανέμορφα πράσινα μάτια και το ηλιοκαμένο απ' το καλοκαίρι πρόσωπό του. Ήταν ένα ερωτηματικό και για τους δυο μας αν αυτό θα συνέβαινε ποτέ ξανά. Κι όμως, να που ήμασταν πάλι εκεί.

Σκεφτόμουν εκείνη τη συνάντηση όλη μέρα. Εφόσον δεν είχε κάνει κάτι συγκεκριμένο για να βάλει τέλος στον χωρισμό μας, σίγουρα δεν περίμενα να έρθει να μου πει: «Ω Μάγια, μου έλειψες τόσο πολύ που θα ξεχάσω σ' ένα βράδυ όλα τα θέματα δέσμευσης και τις ανασφάλειες που έχω κι από αύριο θα είμαι ένας άλλος άνθρωπος για σένα!»

Έπρεπε να είμαι ρεαλίστρια και κυρίως να είμαι προετοιμασμένη για το χειρότερο. Ένας άνθρωπος σαν τον Άντι δεν θ' άφηνε τον εαυτό του να πιεστεί, ούτε από έναν χωρισμό ούτε απ' οτιδήποτε άλλο.

Κι όμως, η σύνδεσή μας έλαμψε κατευθείαν, μόνο και μόνο απ' το γεγονός ότι βρισκόμασταν μαζί στο ίδιο δωμάτιο. Φάνηκε αμέσως απ' τον τρυφερό τρόπο που μου κρατούσε το χέρι, το πώς με κοιτούσε μες στα μάτια, τον τρόπο που

116

παραμέριζε τα μαλλιά μου κι άγγιζε το πρόσωπό μου. Υπήρχε μια υποψία πόνου και θλίψης στον αέρα, σαν ένα βαρύ πέπλο που σέρναμε κι οι δυο πίσω μας τους τελευταίους μήνες. Υπήρχε σίγουρα και κάποια ένταση για το τι θα ακολουθούσε.

Ενώ καθόμασταν στο μπαλκόνι με τον καφέ μας στο χέρι, άρχισα να γίνομαι όλο και πιο νευρική. Δεδομένου ότι ήξερα πόσο κακός ήταν στο να εκφράζει τα συναισθήματά του με λόγια, αποφάσισα να ξεκινήσω εγώ την κουβέντα. «Ξέρεις γιατί έπρεπε να φύγω, έτσι δεν είναι;»

«Έτσι νομίζω. Παρ' όλα αυτά ήταν δύσκολο. Μου έλειπες πολύ».

Η φωνή του ήταν ήρεμη και προσεχτική. Κρατούσε τα χέρια μου στα δικά του.

Οι λέξεις πετάχτηκαν απ' το στόμα μου ασυγκράτητες. «Αν σου έλειπα τόσο πολύ, γιατί δεν πάλεψες για μένα; Το γεγονός ότι δεν έκανες απολύτως τίποτα μ' έκανε να νιώθω ακόμα πιο έντονα ότι δεν νοιάζεσαι καθόλου για μένα!»

Το πρώτο δάκρυ έτρεξε στο πρόσωπό μου. Γύρισε το κεφάλι μου και το φίλησε απαλά.

«Μάγια, κάθε πρωί σηκωνόμουν και σκεφτόμουν το γεγονός ότι δεν ήσουν πια στη ζωή μου. Το κενό ήταν τόσο μεγάλο που μ' έκανε να σκέφτομαι τι θα γινόταν αν...». Έκανε μια παύση. «Φανταζόμουν κάθε είδους σενάρια. Τι θα γινόταν αν όντως ήσουν η γυναίκα της ζωής μου και μια μέρα εξαφανιζόσουν. Ταυτόχρονα, ξέρω ότι ακόμα δεν είμαι έτοιμος να σου δώσω αυτό που πραγματικά θέλεις. Εξακολουθώ να μην θέλω ν' αποκλείσω μια σχέση μαζί σου, αλλά όχι αυτή τη στιγμή. Άλλωστε, ο μεγαλύτερος φόβος μου είναι ότι δεν είμαι αρκετά καλός για σένα και ότι μόλις δώσουμε όνομα σ' αυτό που έχουμε, τα πράγματα θ' αλλάξουν κι όλα θα χαθούν. Δεν έκανα τίποτα, γιατί δεν ήθελα να σε πληγώσω περισσότερο».

Τώρα ήταν εκείνος που είχε δάκρυα στα μάτια. «Κάνεις τη ζωή μου τόσο όμορφη, Μάγια», συνέχισε. «Έχω μάθει τόσα πολλά πράγματα με σένα αλλά και μέσα από σένα. Κι όμως, ακόμα και μετά από ενάμιση χρόνο, όλο αυτό είναι ακόμα καινούργιο έδαφος για μένα. Για πρώτη φορά, όμως, έχω την αίσθηση πως με την πάροδο του χρόνου, θα μπορέσουμε να βρούμε έναν τρόπο. Τον δικό μας τρόπο».

Δεν είχα πολλά να πω μετά απ' αυτό. «Ξέρεις πολύ καλά ότι έχω χίλιους καλούς λόγους να βάλω ένα οριστικό τέλος. Δώσε μου μόνο έναν λόγο για τον οποίο θα πρέπει να συνεχίσω μαζί σου όπως πριν».

«Φτιάχνω την καλύτερη πατατοσαλάτα;»

Γελάσαμε κι οι δυο δυνατά και τότε σκέφτηκα πως δεν ήθελα να ζήσω χωρίς εκείνο το γέλιο... και

118

σίγουρα όχι χωρίς εκείνη την πατατοσαλάτα!

Check-in 18

Αρκετή ώρα αφού είχε φύγει, καθόμουν στο μπαλκόνι μου μ' ένα ποτήρι κρασί Chocolate Block απ' τη Νότια Αφρική κι ατένιζα τ' αστέρια εκείνης της αξέχαστης αυγουστιάτικης νύχτας.

Ήθελα ν' αφήσω το συγκλονιστικό συναίσθημα όλων εκείνων που είχαν προηγηθεί να κρατήσει όσο το δυνατόν περισσότερο. Συγχρόνως, αισθανόμουν ένα μυρμήγκιασμα, μια ανησυχία στο πίσω μέρος του μυαλού μου. Οι σκέψεις που ξεπετάγονταν ήταν γνώριμες - ήταν εκεί απ' την πρώτη στιγμή. Σαν κακόβουλα ξωτικά που τριγυρνούσαν αδιάκοπα στο μυαλό μου κρατώντας μικρές κόκκινες σημαίες με την ελπίδα ότι κάποια στιγμή θα τα πρόσεχα.

Οι σημαίες εξακολουθούσαν να γράφουν το ίδιο πράγμα: δεν θέλει κάτι σοβαρό. Δεν μπορεί να μείνει πιστός. Είσαι απλά μια επιλογή για 'κείνον. Θα σε πληγώσει. Θα κλάψεις ξανά. Πού είναι η περηφάνια σου; Πού είναι η αυτοεκτίμησή σου; Ήταν σαν μικρές αναλαμπές που εμφανίζονταν σε άσχετες στιγμές· όταν έβγαζα τα σκουπίδια έξω ή απλά έφερνα ένα ποτήρι νερό σε κάποιον επιβάτη. Έρχονταν από το πουθενά και μου κατέστρεφαν τη μέρα.

Η λυσσαλέα εσωτερική μου μάχη ενάντια σ'

εκείνη την αρνητικότητα ήταν τόσο εξαντλητική που μερικές φορές μ' έκανε να νιώθω σωματικά εξαντλημένη. Ήταν το άγχος που με χτυπούσε σαν δόνηση προσπαθώντας να μου θυμίζει κάθε λεπτό ότι ίσως τελικά να μην ήταν καλή ιδέα ν' ασχοληθώ ξανά με τον Άντι.

Καθώς έπινα το κρασί μου, εξακολουθούσα ν' αναρωτιέμαι για το πώς είχαμε πέσει ο ένας πάνω στον άλλον, αλλά και για το γεγονός ότι η μαγεία μεταξύ μας δεν είχε επηρεαστεί ούτε καν στο ελάχιστο. Μέσα μου έλαμπε ένα φως όταν ήταν κοντά μου. Ένιωθα και πάλι ζωντανή.

Τι θα συνέβαινε άραγε; Αν και η κατάσταση φαινόταν ίδια εξωτερικά, σίγουρα δεν ήμουν η ίδια Μάγια που ήμουν πριν από δύο μήνες. Είχα μάθει πολλά μέσα σ' εκείνο το διάστημα. Η ζωή μ' έσπρωχνε δυναμικά προς μία μόνο κατεύθυνση, οπότε έπρεπε ν' αναπροσαρμοστώ. Αφού είχα βεβαιωθεί ότι η ζωή με τον Άντι ήταν καλύτερη από ό,τι χωρίς εκείνον, είχα πια μόνο ένα καθήκον: να μάθω τον εαυτό μου να σκέφτεται θετικά και να ζει ακόμα περισσότερο στο εδώ και τώρα. Ν' αφεθώ ακόμα πιο πολύ και να είμαι πιο ευγνώμων.

Η ζωή μ' ανάγκαζε να το κάνω αυτό. Βέβαια, θα μπορούσα να πω όχι. Ήξερα καλά πόσο δύσκολο ήταν. Όλα, όμως, συνέβαιναν για κάποιον λόγο. Ένιωθα ότι έπρεπε να τα ζήσω όλα αυτά. Να διασχίσω εκείνον τον δύσβατο δρόμο, παρόλο που υπήρχαν πολύ πιο εύκολα μονοπάτια δίπλα μου.

Δεν ήξερα το γιατί, αλλά δεν είχα καμία αμφιβολία πως έπρεπε ν' ακολουθήσω εκείνη τη δύσβατη διαδρομή. Ήταν λες και η καρδιά μου με τραβούσε κυριολεκτικά απ' τον αγκώνα. Έπρεπε να μάθω κάτι. Τίποτα δεν θ' άλλαζε μέχρι να το κάνω. Ίσως να μάθαινα ότι οι αντιλήψεις μας είναι ικανές να δημιουργήσουν μια νέα πραγματικότητα· ότι οι θετικές σκέψεις φέρνουν θετικά αποτελέσματα· πως ό,τι δίνουμε επιστρέφει σ' εμάς κάποια στιγμή· πως όλα είναι σχετικά, δεν υπάρχει σωστό και λάθος και πως τα πάντα είναι θέμα οπτικής· ίσως ακόμη ότι το θάρρος αποδίδει καρπούς και ανταμείβεται.

Πλέον βρισκόμουν σε πόλεμο με τον εαυτό μου περισσότερο από ποτέ άλλοτε. Ήθελα ν' αντιμετωπίσω τη συγκεκριμένη κατάσταση για έναν και μόνο λόγο: την περιέργεια. Ήθελα να μάθω τι μπορεί να κάνει η υπομονή και η άνευ όρων αγάπη.

Πιο αποφασισμένη από ποτέ,

έβαλα τον εαυτό μου σε θέση μάχης

απέναντι στους

φόβους,

τις αμφιβολίες,

τις αξίες,

τις εμπειρίες,

τις προκαταλήψεις,

τα όρια,

τον εγωισμό μου και τον πιο τρομακτικό
γίγαντα απ' όλους:

την κοινωνία.

Πάλι και πάλι....

Check-in 19

Είχαμε, ωστόσο, κάποια προβλήματα επανεκκίνησης. Διέκρινα μια έλλειψη προσπάθειας από μέρους του. Τις πρώτες εβδομάδες της επανασύνδεσής μας, αισθανόμουν ότι όλα προέρχονταν από μένα.

Ένιωθε άραγε ακόμα πληγωμένος;

Για μισό λεπτό. Μήπως είχε αρχίσει να βλέπει κάποια άλλη το διάστημα που ήμασταν χώρια;

Ίσως. Εξακολουθούσε όμως να τη βλέπει; Θα συνεχίζαμε, δηλαδή, ακριβώς από εκεί που είχαμε μείνει; Στον ίδιο φαύλο κύκλο; Πού ήταν τώρα οι θετικές μου σκέψεις; Α, να μία... Συνέχιζε να μην έχει υποσχεθεί τίποτα που δεν μπορούσε να τηρήσει. Ένας ελεύθερος άντρας είναι ελεύθερος ν' αποφασίζει.

Ακόμα δεν είχαμε πει τίποτα γι' αποκλειστικότητα. Θα μου δινόταν άραγε ποτέ μια τέτοια εγγύηση στη ζωή μου; Δεν το πίστευα και πολύ πια, όπως και να 'χει. Γιατί, όμως, δεν ένιωθα εντάξει μ' αυτό; Φυσικά και δεν ήμουν εντάξει μ' αυτό. Δεν χρειαζόταν να λέω ψέματα στον εαυτό μου. Θετικές σκέψεις ή όχι, κανείς δεν θα ήθελε κάτι τέτοιο. Την ίδια στιγμή, όμως, πολλοί ήταν εκείνοι που θα ήθελαν ακριβώς τη μαγεία που είχαμε με τον Άντι. Τα πάντα ήταν μια μεγάλη ειρωνεία: η ισορροπία μεταξύ σύνδεσης και ανεξαρτησίας, περιπέτειας και ασφάλειας. Αν είχες το ένα, έπρεπε να στερηθείς το άλλο.

Κάπου χαμένοι μέσα σ' εκείνη την ειρωνεία ταλαντευόμασταν απ' την αρχή. Δεν είχαμε ποτέ ανοιχτή σχέση, αλλά ούτε ανήκαμε σε καμιά άλλη κατηγορία. Ήμασταν δύο άνθρωποι που προσπαθούσαν να βρουν τις ισορροπίες τους, χωρίς να θέλουν να πληγώσουν ο ένας τον άλλον. Διασχίζαμε κι οι δυο εκείνο το μονοπάτι, ο καθένας με τον δικό του ρυθμό.

Καμία σχέση δεν είναι απαλλαγμένη από προβλήματα και πόνο· απλώς πρέπει ν' αποφασίσεις αν αξίζει κανείς έναν τέτοιο πόνο. Η αγάπη δεν είναι προϋπόθεση για μια επιτυχημένη σχέση. Η αγάπη είναι το αποτέλεσμα μιας επιτυχημένης σχέσης.

Ήθελα να δω τι θα μπορούσε να βγει απ' όλο αυτό. Τι θα μπορούσε άραγε να φέρει η άνευ όρων, απεριόριστη αγάπη, όταν μάλιστα συνοδεύεται από κατανόηση και υπομονή; Πρέπει να είσαι αυτό που περιμένεις απ' τον άλλον. Να τον αγαπάς με τους δικούς του όρους, ακόμα κι αν αυτοί δεν ανταποκρίνονται στους δικούς σου.

Πολύ συχνά μου έλεγαν: «Μάγια, σου αξίζουν μόνο τα καλύτερα, όχι μέτριες καταστάσεις και συμβιβασμοί. Σου αξίζει κάποιος που να είναι εκατό τοις εκατό αφοσιωμένος και πιστός σε σένα. Δεν χρειάζεται να προσποιείσαι ούτε να λυγίζεις για κανέναν άντρα!»

Γιατί, δηλαδή, ν' αξίζουν σε μένα τα καλύτερα; Γιατί όχι στον γείτονα; Ή και στον κομμωτή μου; Άξιζαν λιγότερα σ' εκείνους;

Μισούσα εκείνη τη δήλωση. Δεν έβγαζε απολύτως κανένα νόημα για μένα. Εμπεριείχε μια αλαζονεία με την οποία δεν τα πήγαινα ποτέ καλά.

ΟΛΟΙ μας αξίζουμε τα καλύτερα. Η μόνη διαφορά έγκειται στο τι ορίζει ο καθένας ως καλύτερο για τον εαυτό του. Δυστυχώς, συχνά δεν ξέρουμε τι είναι καλό για εμάς. Και κάτι που μπορεί να είναι καλό για κάποιον μπορεί να είναι κακό για κάποιον άλλο. Πρέπει, λοιπόν, να είμαστε ανοιχτοί σε ό,τι η ζωή θεωρεί πως είναι καλό για εμάς. Καμιά φορά, ίσως είναι προτιμότερο να μην έχεις όλα όσα νομίζεις ότι θέλεις.

Με τη λογική αυτή, δεν γινόταν να μην αναρωτηθώ:

Άξιζα κάτι καλό στη ζωή μου; Ναι. Δεχόμουν αγάπη;

Ναι. Μ' έναν τρόπο πιο όμορφο από ποτέ άλλοτε. Έδινα βάση στην ουσία της σχέσης μας με τον Άντι κι όχι στο πώς αυτή μπορεί να φαινόταν σε τρίτους.

Άξιζα μέτριες καταστάσεις και συμβιβασμούς; Θεωρητικά, είχα κάποτε όλο το πακέτο στη ζωή μου, κι όμως τίποτα καλό δεν είχε βγει απ' αυτό. Κατά έναν ειρωνικό τρόπο, όλες οι παλιότερες «ολοκληρωμένες» σχέσεις μου μαζί, δεν μπορούσαν να πλησιάσουν ούτε καν στο ελάχιστο εκείνη τη «μετριότητα» που, σύμφωνα με τον περίγυρό μου, είχα με τον Άντι.

Άξιζα αφοσίωση;

Μου άξιζε κάποιος που να είναι άνθρωπος, με τα όποια ελαττώματά του. Κάποιος που επίσης αμφέβαλλε. Κάποιος που διέσχιζε το ίδιο δύσβατο μονοπάτι με μένα σε μια προσπάθεια να γνωρίσει τον αληθινό του εαυτό.

Άξιζα πίστη; Ναι, αλλά την έβλεπα ως δώρο, όχι σαν κάτι που είχα δικαίωμα ν' απαιτώ ή ν' αναμένω. Σύμφωνα με τη διάσημη ψυχοθεραπεύτρια Έστερ Πέρελ, μπορούμε να είμαστε μαζί μόνο ελεύθεροι ή καθόλου. Πρόκειται για μια πίστη που πηγάζει απ' την ελευθερία - αυτό είναι το ζητούμενο!

Συγχωρείται η απιστία σε μια σχέση;

Η απάντηση θα είναι πάντοτε διαφορετική, κι όμως πάντοτε σωστή.

Προσποιούμουν για έναν άντρα;

Ανέκαθεν ήμουν σε θέση να προσαρμόζομαι πολύ καλά σε νέες καταστάσεις. Πάνω απ' όλα ήμουν περίεργη, ήθελα συνεχώς να μαθαίνω και να

127

εξελίσσομαι. Η ζωή μεταβαλλόταν συνεχώς κι εγώ έκανα το ίδιο μαζί της. Τι ακριβώς προσποιούμουν λοιπόν για έναν άνδρα, όταν από τη φύση μου είχα την τάση να προσαρμόζομαι σε κάθε κατάσταση και να επωφελούμαι απ' αυτή; Τελικά, ίσως όλα είναι απλώς θέμα οπτικής. Τα πάντα είναι σχετικά, όταν τα βλέπει κανείς μέσα από οκτώ δισεκατομμύρια διαφορετικά ζευγάρια μάτια.

Check-in 20

Ως αεροσυνοδός, είχα την τύχη να γνωρίζω συνεχώς πολλούς νέους και διαφορετικούς κόσμους. Η Ινδία είναι θαρρείς σ' ένα εντελώς διαφορετικό σύμπαν απ' τη Βραζιλία και την Κίνα. Κάθε χώρα που είχα την ευκαιρία να επισκεφτώ, είχε τον δικό της ιδιαίτερο χαρακτήρα, τα δικά της χρώματα κι αρώματα, τη δική της ξεχωριστή ατμόσφαιρα. Ακόμη και με κλειστά μάτια, είχα μάθει να καταλαβαίνω σε ποια ήπειρο βρισκόμουν, μόνο και μόνο απ' τη χαρακτηριστική μυρωδιά και την αίσθηση του αέρα πάνω στο δέρμα μου.

Οφείλω να πω ότι κάθε χώρα έχει τη δική της μοναδική ομορφιά που την κάνει να ξεχωρίζει απ' τις υπόλοιπες. Φυσικά, το ίδιο ισχύει και για τις άσχημες πλευρές της.

Παρότι δεν είναι όλοι οι άνθρωποι ίδιοι και υπάρχουν πάντοτε εξαιρέσεις, δεν μπορούσα να μην παρατηρήσω ότι η πλειονότητα μιας συγκεκριμένης κουλτούρας είχε κάποια συγκεκριμένα χαρακτηριστικά. Αυτό γινόταν ιδιαίτερα εμφανές μέσα από τα προφίλ των επιβατών μας. Οι επιβάτες που ταξίδευαν προς τις ΗΠΑ ήταν πολύ διαφορετικοί από εκείνους που ταξίδευαν προς την Αφρική, την Ινδία, την Κίνα και ούτω καθεξής.

Δεν αναφέρομαι σε καθιερωμένα κλισέ, αλλά στις ομοιότητες που συναντώνται ανάμεσα σε διαφορετικούς ανθρώπους που ταξιδεύουν σε διαφορετικές χώρες.

Στις πτήσεις προς Ιαπωνία, για παράδειγμα, το αεροπλάνο παρέμενε το ίδιο καθαρό μετά την αποβίβαση, όπως και πριν την επιβίβαση. Αντιθέτως, οι πτήσεις προς το Μαϊάμι ή την Μπανγκόκ μπορούσαν άνετα ν' ανταγωνιστούν ένα ξέφρενο πάρτι. Ξέραμε πως οι επιβάτες μας για Τελ Αβίβ εκτιμούσαν την όσο το δυνατόν λιγότερη επαφή. Από την άλλη πλευρά, οι Αφρικανοί επιβάτες, λάτρευαν την κουβέντα και την προσοχή.

Παρά τις όποιες ομοιότητες, κάθε πτήση ήταν και μια νέα, μοναδική εμπειρία. Η συχνή επαφή με κάθε λογής ανθρώπους άνοιγε το μυαλό μου και διεύρυνε τους ορίζοντές μου με τρόπο που δεν θα μπορούσα ποτέ μου να φανταστώ. Άλλοτε θα γελούσα κι άλλοτε θα έκλαιγα. Είχα βιώσει ξεσπάσματα και σπαρακτικές στιγμές κατά τη διάρκεια της εργασίας μου. Είχα κουνήσει το κεφάλι μου συγκαταβατικά άπειρες φορές, αλλά είχα νιώσει και απεριόριστο θαυμασμό για πολλούς ανθρώπους. Έχω συναναστραφεί με τους πλουσιότερους και ταυτόχρονα με τους πιο φτωχούς αυτού του κόσμου.

130

Θυμάμαι μια συγκεκριμένη πτήση στην Ινδία όπου τα βίωσα όλα μαζί. Επρόκειτο για μια πολύ ξεχωριστή μέρα. Σ' εκείνη τη συγκεκριμένη πτήση προς τη Βομβάη, πετούσα μ' έναν συνάδελφό μου, με τον οποίο γνωριζόμασταν ήδη απ' την περίοδο της εκπαίδευσής μου. Αποφασίσαμε να πάμε μαζί σε μια περιήγηση με ξεναγό στις φτωχογειτονιές της Βομβάης. Μέχρι τότε, οι περισσότεροι ξεναγοί επιδίωκαν να μας δείξουν μόνο την όμορφη πλευρά της πόλης: την Πύλη της Ινδίας, το Ταζ Μαχάλ και τις κάπως ευπορότερες περιοχές. Οι πλουσιότεροι Ασιάτες στον κόσμο προέρχονται απ' την Ινδία κι ο πλούτος της χώρας είναι ανυπολόγιστος. Δυστυχώς, όμως, το ίδιο κι η φτώχεια της.

Καθίσαμε, λοιπόν, στο λόμπι του παρακμιακού ξενοδοχείου μας και περιμέναμε τον ξεναγό μας. Είχαμε ενθουσιαστεί με την ιδέα, αφού ήταν κάτι άγνωστο για εμάς και δεν ξέραμε τι να περιμένουμε. Είχαμε μεγάλη περιέργεια να πάρουμε μια γεύση κι από 'κείνη την πλευρά της Ινδίας.

Ενώ περιμέναμε, το λόμπι του ξενοδοχείου είχε αρχίσει να γεμίζει με όλο και περισσότερο κόσμο. Ένα μικρό μπουλούκι είχε σχηματιστεί στο κέντρο του κάτω απ' τον τεράστιο πολυέλαιο. Σκέφτηκα ότι μάλλον θα είχε εμφανιστεί κάποιος γνωστός σταρ του Μπόλιγουντ, δεν μπορούσα να το εξηγήσω αλλιώς.

Καθώς όλο αυτό συνέβαινε μόλις λίγα βήματα μακριά μας, δεν άντεχα να μην μάθω ποιος είχε προκαλέσει τόση αναταραχή. Έτσι, σπρώχτηκα ανάμεσα στο πλήθος και, χωρίς να το καταλάβω, βρέθηκα να στέκομαι ακριβώς μπροστά στον Δαλάι Λάμα!

Εκείνος ο μικρόσωμος άντρας με τα φιλικά χαρακτηριστικά και τα λαμπερά μάτια, σήκωσε το βλέμμα του και με κοίταξε. Έμεινε έτσι για λίγα δευτερόλεπτα, ύστερα χαμογέλασε και με χαιρέτησε μ' ένα κούνημα του χεριού του. Αυτομάτως τον χαιρέτησα κι εγώ, πολύ μπερδεμένη και αμήχανη, κι έπειτα έκανα στην άκρη ώστε να τον αφήσω να περάσει. Ήταν τόσο έντονη κι αισθητή η αύρα εκείνου του ανθρώπου που ένιωθες ότι μπορούσες να την αγγίξεις.

Ο Δαλάι Λάμα μου είχε χαμογελάσει και με είχε χαιρετήσει. Τι να σήμαινε άραγε αυτό;

Μήπως ότι θα ήμουν τυχερή για το υπόλοιπο της ζωής μου; Ό,τι κι αν σήμαινε, σίγουρα ήταν κάτι ξεχωριστό. Ακόμη και σήμερα μπορώ να νιώσω την επίδραση που είχε μέσα μου εκείνο το χαμόγελο.

Η υπόλοιπη μέρα ήταν λιγότερο όμορφη. Δεν θα ξεχάσω ποτέ εκείνο που αντικρύσαμε στις φτωχογειτονιές της Βομβάης. Ούτε στα χειρότερα όνειρά μας δεν θα μπορούσαμε να φανταστούμε τις

132

συνθήκες στις οποίες ζούσαν οι άνθρωποι εκεί. Κάποιοι δούλευαν σε μικρά, σκοτεινά δωμάτια, έτρωγαν και κοιμόντουσαν χωρίς πόρτες ή έπιπλα μέσα σ' ένα κουβάρι από καλώδια που έκρυβαν το φως του ήλιου, ενώ τα παιδιά έπαιζαν ανάμεσα σε σκουπίδια και περιττώματα ζώων. Αηδιαστικές μυρωδιές από σφαγμένα ζώα που είχαν μείνει εκτεθειμένα στον ήλιο για μέρες αναμειγνύονταν με τη δυσωδία απ' το στάσιμο ποτάμι, στο οποίο πετούσαν τα πάντα.

Όταν επέστρεψα στο πεντάστερο ξενοδοχείο με τις δύο μπανιέρες κι ένα κρεβάτι τόσο μεγάλο που θα χωρούσε άνετα μια ολόκληρη τετραμελή οικογένεια, ένιωσα ενοχές. Όσα είχα αντικρύσει εκείνη τη μέρα είχαν εντυπωθεί βαθιά μέσα μου. Εκείνες οι φτωχογειτονιές ήταν μόλις λίγα χιλιόμετρα μακριά κι όμως ήταν λες και βρίσκονταν σε άλλον πλανήτη.

Εκείνη η εμπειρία μ' ενέπνευσε να χρησιμοποιήσω την ετήσια άδειά μου λίγο αργότερα προκειμένου να εργαστώ εθελοντικά για έναν μήνα σ' έναν ξενώνα γυναικών στην Τανζανία. Εκεί φιλοξενούνταν γυναίκες που είχαν πέσει θύματα βιασμού κι έβρισκαν καταφύγιο με τα μωρά τους, καθώς και παιδιά τα οποία είχαν εγκαταλειφθεί από τις οικογένειές τους και διαφορετικά θα κατέληγαν στους δρόμους. Τους

133

δίδαξα αγγλικά και χορό. Ήταν η πιο δυνατή εμπειρία της ζωής μου και θα το έκανα ξανά οποιαδήποτε στιγμή, ακόμα κι αν η συμβολή μου δεν ήταν παρά μόνο μια σταγόνα στον ωκεανό. Μπορεί να μην είχα αλλάξει τον κόσμο, ίσως όμως να είχα κάνει εκείνα τα κορίτσια να ξεχάσουν τα προβλήματα τους έστω και για λίγο.

Είχα βιώσει την πιο σπουδαία θεραπευτική εμπειρία μόνο και μόνο επειδή είχα αποφασίσει να μην κλείσω τα μάτια μου απέναντι σ' εκείνη τη θλιβερή πραγματικότητα κι απλά να κάνω κάτι, ακόμα κι αν το αποτέλεσμα ήταν μηδαμινό μπροστά στο μέγεθος εκείνης της φτώχειας.

Οι εμπειρίες μου απ' την Ινδία και την Αφρική είχαν κάτι κοινό. Εκείνα τα παιδιά είχαν πάντοτε φωτεινά και λαμπερά μάτια που ακτινοβολούσαν χαρά κι ευτυχία παρά τις σκληρές συνθήκες υπό τις οποίες ζούσαν. Ήταν κάτι που μάταια αναζητούσα στα μάτια των περισσότερων ανθρώπων δεκαπέντε χιλιάδες χιλιόμετρα μακριά στις βίλες του Μαλιμπού και τους λόφους του Χόλιγουντ.

Εμπειρίες σαν αυτές είναι η δική μου πολύ προσωπική απόδειξη ότι η ευτυχία δεν εξαρτάται από εξωτερικές συνθήκες. Αντιθέτως, η ευτυχία ξεκινά από μέσα μας και απ' το πόσο ικανοποιημένοι είμαστε με αυτά που έχουμε.

Πώς καταφέρνει ο μικρός Μπαράκα στην Τανζανία, ανάπηρος καθώς γεννήθηκε από αιμομιξία, να εκπέμπει τόση χαρά χωρίς να του ανήκει πρακτικά τίποτα; Κι από την άλλη πλευρά, η Λότα απ' την Ευρώπη που γεννήθηκε μέσα στα πλούτη, να κάθεται σ' ένα υπερβολικά μεγάλο για 'κείνη κάθισμα της Fist Class και να μην καταφέρνει καν να χαμογελάσει, να πει ένα ευχαριστώ ή να εκπέμψει έστω κι ελάχιστη από την ευτυχία του Μπαράκα;

Είχα κατανοήσει εκείνο το χαμόγελο του Δαλάι Λάμα. Δεν είχε να κάνει με τη δική μου ευτυχία, αλλά με την ευτυχία όλων εκείνων στους οποίους μου είχε δοθεί η ευκαιρία να τη μεταδώσω.

Check-in 21

Ήταν φθινόπωρο και σιγά σιγά ο καιρός είχε αρχίσει να δροσίζει, πράγμα που μας έφερε ξανά πιο κοντά με τον Άντι ύστερα από τη διστακτική μας επανασύνδεση.

Ποιος ήταν ο λόγος εκείνου του δισταγμού; Θεωρώ πως υπήρχαν διάφοροι λόγοι. Ίσως κάποιο νέο φλερτ; Ο φόβος του ότι μπορεί να τον άφηνα ξανά; Ωστόσο, με κάθε μέρα που περνούσε, η μαγεία μας άνθιζε και πάλι. Είχε άραγε σταματήσει ποτέ;

Οι πτήσεις μας προς το Ομάν και το Τόκιο ήταν επίσης μια καλή αφορμή να μοιραστούμε νέες κοινές εμπειρίες. Οι καλύτερες στιγμές μας, όμως, εξακολουθούσαν να βρίσκονται στα μικρά πράγματα: στο να κοιμόμαστε και να ξυπνάμε μαζί· στο να κοιτάω μες στα μάτια του ενώ τρώγαμε και μιλούσαμε· στο να είμαστε μαζί, είτε στο σπίτι είτε στους άγνωστους δρόμους του απέραντου εκείνου κόσμου.

Οι συζητήσεις μας εξακολουθούσαν να είναι συναρπαστικές κι η γκάμα των θεμάτων μας απεριόριστη λόγω των διαφορετικών ενδιαφερόντων που είχε ο καθένας μας. Εξακολουθούσαμε να γελάμε πολύ και να δείχνουμε ο ένας στον άλλον σεβασμό κι εκτίμηση για το γεγονός και μόνο ότι ο άλλος βρισκόταν εκεί.

Η εξήγηση για εκείνη την αρχική διστακτικότητα ήρθε αργότερα κατά τον Οκτώβριο. Φήμες έλεγαν ότι πράγματι είχε κάποια μικρή περιπέτεια. Πιθανότατα συνέβη κατά τη διάρκεια του χωρισμού μας - πότε όμως ακριβώς είχε αρχίσει και πότε είχε τελειώσει;

Αυτό δεν μπορούσα να το ξέρω και σίγουρα δεν ήταν δική μου δουλειά να το ξέρω. Υπήρχαν πράγματα και καταστάσεις που απλά δεν είχαν να κάνουν μ' εμένα.

Είχα ακούσει, όμως, ότι είχε τελειώσει. Είχε άραγε φύγει εκείνη αφού έμαθε ότι είχα επιστρέψει στη ζωή του Άντι; Ή μήπως είχε βάλει τέλος ο ίδιος μετά τη συνάντησή μας; Όπως και να 'χει, αυτό εξηγούσε την αρχική του διστακτικότητα ν' αφεθεί πλήρως αφότου τα ξαναβρήκαμε.

Πιθανόν να αισθανόταν και κάποιες ενοχές. Αν και πρακτικά δεν χρειαζόταν να νιώθει έτσι, ίσως μια μικρή φωνούλα μέσα του να του ψιθύριζε πως το να βλέπει παράλληλα και κάποια άλλη, δεν ήταν και τόσο σωστό τελικά. Ίσως. Όλοι έχουμε μια τέτοια φωνή συνείδησης μέσα μας που μας οδηγεί προς τη σωστή κατεύθυνση. Εξάλλου, ο Άντι ήταν ένας άνθρωπος με καλή κι ευγενική καρδιά που πολλές φορές απλά δεν ήξερε πώς να εκδηλωθεί.

137

Όταν το έμαθα, δεν έκανα τίποτα. Τι θ' άλλαζε; Εξακολουθούσαμε να έχουμε την ίδια ακριβώς σχέση, όπως και στην αρχή. Σχεδόν δύο χρόνια αργότερα, τίποτα απολύτως δεν είχε αλλάξει αναφορικά με την κατάστασή μας. Αν ήμουν μόνη για χρόνια κι αναζητούσα το κατάλληλο άτομο για να σχεδιάσω τη ζωή μου μαζί του, τότε σίγουρα η συγκεκριμένη κατάσταση δεν θα ήταν η ιδανική. Ωστόσο, δεν είχα ιδέα για το τι έψαχνα ή τι ήθελα πια από μια σχέση. Εκείνος ο άνθρωπος είχε μπει στη ζωή μου σε μια φάση που όλα ήταν σε κατάσταση πλήρους επαναφοράς. Εξάλλου, ακριβώς εκείνη η κατάσταση ήταν που μου είχε επιτρέψει να κάνω εκείνο το μικρό πείραμα εξαρχής. Γι' ακόμα μια φορά, ο συγχρονισμός ήταν το παν.

Το στάδιο της δικής του ζωής και της δικής μου ταίριαζαν απόλυτα τη δεδομένη στιγμή. Ήμασταν αρκετά τολμηροί ώστε να μην ξέρουμε πού θα μας οδηγούσε όλο αυτό. Ξέρει, άλλωστε, ποτέ κανείς με σιγουριά;

Παρά την όποια απογοήτευσή μου, συνέχισα να εστιάζω στα θετικά. Εξάλλου, είχα μια μάχη να δώσω.

Τη μάχη να καθαρίσω τους φακούς μέσα απ' τους οποίους οι περισσότεροι έβλεπαν εκείνο που είχαμε με τον Άντι, αλλά και τους φακούς του παρελθόντος που είχαν την τάση ν' αξιολογούν τα πάντα βάσει του προγραμματισμού μας. Όσο άσκοπη κι απελπιστική φαινόταν ενδεχομένως εκείνη η σχέση απ' έξω, τόσο όμορφη ήταν από μέσα. Όλα είναι θέμα οπτικής.

Εμείς δημιουργούμε την πραγματικότητά μας. Προσελκύουμε πάντα εκείνο στο οποίο εστιάζουμε. Έτσι, προσπαθούσα να επικεντρώνομαι στα όμορφα και μαγικά στοιχεία της σχέσης μας και ίσως μια μέρα να έβρισκα την απάντηση στο ερώτημα τι είχαμε και προς τα πού βαδίζαμε. Φυσικά, δεν μου ήταν εύκολο. Κανείς δεν μου είχε διδάξει πώς να το κάνω αυτό.

Με μια γρήγορη ματιά στις γενιές των γυναικών πριν από μένα, ειδικά ως Ελληνίδα -προγιαγιάδες, γιαγιάδες, μητέρες ή θείες- μπορούσα να πω με σιγουριά πως καμία από εκείνες δεν είχε καταφέρει ν' αναπτύξει ένα τόσο ελεύθερο πνεύμα.

Κάπου κάπου μπορεί να υπήρχε κάποια που είχε τολμήσει να πάρει το ρίσκο και να κάνει τη διαφορά. Οι περισσότερες από εκείνες, όμως, ήταν άρρηκτα δεμένες με τις παραδόσεις και τους κανόνες. Ακόμα κι αν εξωτερικά φαίνονταν ότι ήταν ελεύθερες γυναίκες, δεν ήταν ποτέ πραγματικά. Έπρεπε πάντα να κινούνται και να ζουν στα πλαίσια που τους έθετε η κοινωνία, τα οποία ήταν λίγο πολύ ίδια για κάθε γυναίκα: να παντρευτεί νέα, να κάνει

139

οικογένεια και να μείνει με τον ίδιο άνδρα για πάντα ό,τι κι αν συμβεί, είτε ήταν ευτυχισμένη είτε όχι.

Οι περισσότεροι άνθρωποι είχαν την τάση να συμπεριφέρονται έτσι για χάρη των παιδιών τους ή για να μην χάσουν την υπόληψή τους στην κοινωνία. Πόσοι άραγε λαχταρούσαν μια διαφορετική ζωή που θα χαρακτηριζόταν από ελευθερία επιλογών κι αποφάσεων;

Ποτέ δεν κατέκρινα τέτοιου είδους επιλογές. Για κάποιους μπορεί να είχαν ως αποτέλεσμα μια όμορφη και ήρεμη ζωή. Ωστόσο, κάτι τέτοιο ήταν μάλλον η εξαίρεση παρά ο κανόνας.

Σχέσεις όπως η δική μου και του Άντι πιθανότατα δεν θα είχαν ποτέ την ευκαιρία ν' αναπτυχθούν. Θα έλεγε κανείς: ευτυχώς, δόξα τω Θεώ! Πόσο ευτυχισμένες ήταν, όμως, οι δικές τους σχέσεις;

Ίσως ήμουν η πρώτη που είχε προσπαθήσει να θεραπεύσει το τραύμα της γενιάς της, τολμώντας να κάνω κάτι που πιθανότατα έμοιαζε αδύνατο για τις προηγούμενες γενιές: να δώσω χώρο στην αγάπη.

Στην αγάπη για τον εαυτό μου και την αυτοπραγμάτωσή μου. Στην αγάπη για έναν άλλο άνθρωπο χωρίς αυτή να συνοδεύεται από προσδοκίες. Ήταν από αγάπη που είχα επιτρέψει στον εαυτό μου την ανεξαρτησία και την ελευθερία με την απόφασή μου να μην κάνω παιδιά, κάτι που

140

παλιότερα θα ήταν μάλλον αδιανόητο.

Στην πραγματικότητα, η ίδια η ζωή το είχε αποφασίσει αυτό για μένα. Μόνο εγώ ήξερα πόσο πολύ ήθελα κάποτε παιδιά, κι όμως για κάποιον λόγο δεν μου είχε δοθεί η ευκαιρία. Αν συνέχιζα να προσπαθώ, ίσως να τα κατάφερνα. Ωστόσο, θα ήταν μια εντελώς διαφορετική ζωή που μάλλον δεν ήταν γραφτό να ζήσω.

Η γιαγιά μου θα στριφογυρνούσε στον τάφο της αν έβλεπε τι έκανα με τον Άντι. Ακόμα κι αν τον έβρισκε πολύ γοητευτικό, συμπαθητικό κι ελκυστικό, δεν θα μπορούσε με τίποτα να καταλάβει. Χήρα στα τριάντα έξι της με τρία παιδιά, είχε μετακομίσει σε μια ξένη χώρα χωρίς να μιλάει καν τη γλώσσα προκειμένου να δουλέψει σκληρά και να προσφέρει ένα μέλλον στα παιδιά της. Δεν υπήρχαν περιθώρια για εγωκεντρισμούς, παρά μόνο για άνευ όρων αγάπη.

Επρόκειτο για τελείως διαφορετικές εποχές και καταστάσεις. Στις μέρες μας, ο κόσμος δεν σκέφτεται μ' αυτόν τον τρόπο. Ούτε πεθαίνει κανείς έτσι απλά στα τριάντα έξι του. Μα τι στο καλό σκεφτόταν ο παππούς μου;

Είχε μεσολαβήσει μόνο μία γενιά μεταξύ μας! Κι όμως στα μάτια μου ήταν μια ηρωίδα, αφού είχε καταφέρει να κάνει το καλύτερο που μπορούσε τη δεδομένη στιγμή βάσει των γνώσεων και των

141

πεποιθήσεών της.

Τι μας έκανε, λοιπόν, να διαφέρουμε; Η άνευ όρων αγάπη; Το θάρρος; Η προθυμία να πάρουμε ρίσκα και να κάνουμε θυσίες;

Όχι, δεν υπήρχε καμία διαφορά. Διαφορετικές ήταν μόνο οι συνθήκες από άποψη χωροχρόνου.

Ο ισχυρισμός ότι οι γυναίκες σήμερα είμαστε πιο ευτυχισμένες και σε καλύτερη κατάσταση απ' τις γυναίκες προγόνους μας θα ήταν μάλλον μια αυθαίρετη δήλωση. Κάτι που εκείνες θεωρούσαν τότε ως ευτυχία, στις μέρες μας μπορεί να θεωρείται δεδομένο, ενώ κάτι που εμείς εκλαμβάνουμε σήμερα ως ευτυχία, πιθανότατα θα έκανε εκείνες να κοιτούν με απορία. Κάθε γενιά δημιουργεί τα δικά της πλαίσια ευτυχίας, ικανοποίησης κι αγάπης. Γι' αυτό και είναι τόσο δύσκολο να χαράξει κανείς νέα μονοπάτια έχοντας στη διάθεσή του παλιές και, καμιά φορά, πεπερασμένες αξίες.

Δεν υπάρχει αμφιβολία ότι οι συνθήκες ζωής των γυναικών στη σημερινή εποχή είναι πολύ καλύτερες απ' ό,τι στο παρελθόν. Ευτυχώς. Παρ' όλα αυτά, κουβαλάμε πάνω μας άλλα προβλήματα. Κάποιοι θα έλεγαν ότι πρόκειται για προβλήματα πολυτελείας, ωστόσο η κάθε γενιά κουβαλάει τα δικά της βαρίδια. Έπειτα παραδίδει τα σκήπτρα στην επόμενη γενιά, ώστε εκείνη να τα αξιοποιήσει

142

με τον δικό της τρόπο. Είναι στη φύση της νεότερης γενιάς να θέλει πάντα να κάνει τα πράγματα διαφορετικά απ' την προηγούμενη.

Αν η γιαγιά μου ήταν ακόμα ζωντανή, σίγουρα θα με ρωτούσε: «Και πότε θα παντρευτείτε; Και πότε θα κάνετε παιδιά; Ο χρόνος σου τελειώνει, αν δεν είναι ήδη πολύ αργά. Το να γίνεις γριά μητέρα δεν είναι καλό πράγμα. Ποιο είναι το νόημα όλων αυτών;»

Πώς θα μπορούσα να τα εξηγήσω όλα αυτά σ' εκείνη τη γυναίκα; Μια γυναίκα που είχε περάσει όλη της τη ζωή δουλεύοντας και πιστεύοντας ότι η ευτυχία την περίμενε κάπου εκεί έξω; Πίστευε πως θα την έβρισκε όταν θα είχε χτίσει το δικό της σπίτι και θα είχε αρκετά χρήματα, όταν τα παιδιά της θα είχαν μεγαλώσει και θα είχαν δημιουργήσει τις δικές τους οικογένειες και, κυρίως, όταν οι γείτονες θα σταματούσαν να κουτσομπολεύουν.

Ποτέ δεν θα της περνούσε απ' το μυαλό το ν' αναζητήσει την αληθινή ευτυχία στο παρόν και το ότι δεν χρειαζόταν να πετύχει τίποτα για να είναι ευτυχισμένη. Δεν θα σκεφτόταν καν ότι μπορούσε να βρει τη χαρά μέσα της ανά πάσα στιγμή ή ότι η μονογαμία δεν είναι νόμος της φύσης, αλλά κατασκεύασμα της κοινωνίας.

Δεν θα καταλάβαινε εκείνη την απέραντη περιέργεια μέσα μου να μάθω πού μπορούσε να οδηγήσει ένας έρωτας χωρίς στόχο. Ούτε εγώ η ίδια δεν το καταλάβαινα καλά καλά. Κανείς δεν μου είχε δείξει ποτέ κάτι παρόμοιο, συνεπώς έπρεπε να το ανακαλύψω μόνη μου.

Είχα όλο το σύμπαν με το μέρος μου, μια ζωή με τέλειο συγχρονισμό και μια κοσμική συγχρονικότητα άνευ προηγουμένου. Ζούσα σε μια υπέροχη εποχή που μου επέτρεπε ν' αποκτήσω μια νέα επίγνωση του εαυτού μου. Ενός εαυτού που είχε τη δυνατότητα ν' ακολουθήσει το κάλεσμα της καρδιάς του χάρη σ' όλες εκείνες τις γυναίκες πριν από μένα που είχαν περάσει μια κόλαση ώστε να μπορώ εγώ -και κάθε γυναίκα- να ζω σήμερα ελεύθερη κι ανεξάρτητη.

Πρέπει να νιώθουμε ευγνωμοσύνη και να εκτιμάμε τη δυνατότητα που έχουμε να καθορίζουμε μόνοι μας τον τρόπο ζωής μας. Η ελευθερία δεν πρέπει να θεωρείται αυτονόητη. Κι αυτό θα το διαπιστώναμε πολύ σύντομα.

Κανείς δεν θα μπορούσε να μαντέψει τι θ' ακολουθούσε.

Το έτος 2020 είχε μόλις φτάσει..

Check-in 22

Ήταν αρχές Μαρτίου του 2020 κι είχα φέρει τη μαμά μου μαζί μου στη Σιγκαπούρη. Όποτε υπήρχε η δυνατότητα, μας επιτρεπόταν να παίρνουμε στις πτήσεις κάποιο μέλος της οικογένειάς μας ή και φίλους μας. Ήταν ό,τι καλύτερο για μένα το να μπορώ να δείξω στους γονείς μου ένα κομμάτι του κόσμου που διαφορετικά δεν θα έβλεπαν ποτέ. Ήταν επίσης ο τρόπος μου να τους δείξω πόσο πολύ τους αγαπούσα και πόσο ευγνώμων ήμουν για 'κείνους. Ήταν το ελάχιστο που μπορούσα να κάνω.

Κατά καιρούς στο παρελθόν είχαμε καταφέρει να κάνουμε παρόμοια ταξίδια με τους γονείς μου, ωστόσο δεν ήταν τόσο εύκολο. Ως ιδιοκτήτες εστιατορίου, ήταν δεμένοι με το εστιατόριό τους για μια ζωή και είχαν σχεδόν μηδενική ευελιξία. Επιπλέον, έπρεπε να υπάρχουν αρκετές ελεύθερες θέσεις στο αεροπλάνο, ώστε να μπορώ να τους πάρω μαζί μου. Συνεπώς, ήταν πολλές οι συγκυρίες που έπρεπε να συμπέσουν ώστε να λειτουργήσει αυτό.

Για τη μαμά μου, το ταξίδι εκείνο συνέβη σε μια περίοδο πρωτόγνωρη για ολόκληρη την ανθρωπότητα. Καθόμασταν δίπλα στην περίφημη πισίνα υπερχείλισης του Marina Bay Sands πίνοντας τα κοκτέιλ μας, όταν λάβαμε ένα ανήσυχο τηλεφώνημα απ' τον μπαμπά μου. Είχε ακούσει στις ειδήσεις ότι επρόκειτο να κλείσουν τα σύνορα κι όλες οι πτήσεις θα ακυρώνονταν.

Ορίστε; Κι όλα αυτά εξαιτίας εκείνης της περίεργης γρίπης απ' την Κίνα την οποία μου είχε αναφέρει τυχαία ένας συνάδελφος πριν από δύο μήνες;

Αποφάσισα αμέσως να καλέσω το κέντρο ελέγχου πληρώματος για να μάθω τι θα συνέβαινε με την πτήση της επιστροφής μας. Θα μέναμε στη Σιγκαπούρη; Ήταν αλήθεια όσα είχαμε ακούσει;

Το κέντρο ελέγχου μας καθησύχασε. Όλες οι πτήσεις θα μπορούσαν να επιστρέψουν στη Ζυρίχη. Το τι θα συνέβαινε μετά ήταν ένα μεγάλο μυστήριο, ακόμη και για 'κείνους.

Στην πτήση της επιστροφής, η ένταση του πληρώματος ήταν εμφανής. Δεν υπήρχε καμία αμφιβολία πως κάτι δεν πήγαινε καλά. Φήμες έλεγαν ότι όλα τα αεροπλάνα θα καθηλώνονταν γι' άγνωστο χρονικό διάστημα.

Κάποιοι φοβήθηκαν, ενώ άλλοι είχαν ήδη δάκρυα στα μάτια. Εγώ είχα παραλύσει. Ένιωθα μουδιασμένη, ζαλισμένη κι αβέβαιη, αφού δεν υπήρχε καμία αξιόπιστη πληροφορία.

Όταν το αεροπλάνο προσγειώθηκε κι όλοι οι επιβάτες αποβιβάστηκαν, ο πιλότος μας ανακοίνωσε πως ήταν αλήθεια: κανένα αεροπλάνο δεν θα πετούσε προς το παρόν.

Ένιωσα την καρδιά μου να σταματάει. Βγαίνοντας απ' το αεροπλάνο μαζί με το υπόλοιπο πλήρωμα, στάθηκα μπροστά στο τεράστιο Μπόινγκ 777 κι άφησα τα συναισθήματά μου ελεύθερα. Δάκρυα έτρεχαν στο πρόσωπό μου. Ποτέ άλλοτε στη ζωή μου δεν είχα αισθανθεί τόσο ανυπεράσπιστη. Ένιωθα φόβο χωρίς να ξέρω το γιατί. Ήταν ο φόβος της αβεβαιότητας.

Τι συνέβαινε και πόσο σοβαρό ήταν; Τι θα γινόταν με τη δουλειά μου; Πότε θα πετούσα ξανά; Για ποιον λόγο είχαν φρικάρει όλοι τόσο πολύ; Δεν έβλεπα καμιά αποκάλυψη, κι όμως ένιωθα λες κι ερχόταν καταπάνω μου.

Η μητέρα μου πρόλαβε να περάσει τα σύνορα πριν κλείσουν τα πάντα την επόμενη μέρα.

Τα σύνορα έκλειναν και τ' αεροπλάνα δεν επιτρεπόταν πλέον να πετάξουν.

Για μισό λεπτό...

Η καρδιά μου άρχισε να τρέμει καθώς το συνειδητοποιούσα: τι θα συνέβαινε με μένα και τον Άντι αν δεν υπήρχαν πια πτήσεις; Εκείνη τη στιγμή, μου έγινε πιο ξεκάθαρο από ποτέ. Τι ήμασταν άραγε χωρίς τις πτήσεις μας; Το σημείο αναφοράς μας ήταν πάντοτε η δουλειά μας. Είτε θα πετούσαμε μαζί είτε θα βλέπαμε ο ένας τον άλλον

147

τις μέρες πριν και μετά τις προγραμματισμένες πτήσεις μας.

Τότε κατάλαβα πως εκείνο που φοβόμουν δεν ήταν ενας ιός...

Check-in 23

Ακολούθησαν τα γεγονότα που όλοι βιώσαμε τις πρώτες εβδομάδες της περιόδου του κορονοϊού.

Παρότι έβρισκα τα μέτρα εντελώς παράλογα, συμμορφώθηκα με όλα, καθώς ήθελα να μπορώ ν' αγοράζω το γάλα μου απ' το γειτονικό σούπερ μάρκετ χωρίς πρόβλημα. Ακολουθούσα ανεπιθύμητα τους κανονισμούς, ενώ παράλληλα παρακολουθούσα όλο εκείνο το δράμα μ' απορία, σοκαρισμένη από το πώς μερικές εικόνες στην τηλεόραση κατάφερναν να παραλύσουν ολόκληρο τον κόσμο, να καταστρέψουν ολόκληρες βιομηχανίες, να χωρίσουν οικογένειες, να προκαλέσουν οικονομικές κρίσεις και να οδηγήσουν τους ανθρώπους σε τόσο βαθιά κατάθλιψη που έφτανε μέχρι και τα όρια της αυτοκτονίας. Και να σκεφτεί κανείς πως στην πραγματικότητα δεν είχε αλλάξει απολύτως τίποτα γύρω μας.

Ναι, κυκλοφορούσε μια σοβαρή και μερικές φορές ακόμα και θανατηφόρα ασθένεια. Δεν ήταν όμως πάντα έτσι; Στην ουσία δεν επρόκειτο για κάτι καινούριο. Μήπως απλώς τότε συνειδητοποιήσαμε για πρώτη φορά την έννοια του θανάτου; Παρακολουθούσα με μεγάλο ενδιαφέρον τον θυμό των ανθρώπων γύρω μου απέναντι στη σκέψη ότι όλοι μια μέρα θα πεθάνουμε. Και προκειμένου να το αποτρέψουμε αυτό, ουσιαστικά σταματήσαμε να ζούμε.

Οι περισσότεροι απ' τους κοντινούς μου ανθρώπους ήταν πολύ ανήσυχοι, ειδικά στην αρχή, κι άφηναν τον εαυτό τους να παρασυρθεί σ' εκείνο το ρεύμα που φαινόταν να κινείται από μόνο του προς μία μόνο κατεύθυνση. Η κατάσταση εκείνη έγινε η αιτία για πολλές διαφωνίες, έντονους καβγάδες και μακροσκελείς συζητήσεις που δεν έβγαζαν πουθενά.

Ένας μόνο άνθρωπος είχε τις ίδιες απόψεις μαζί μου απ' την αρχή και ήταν ο βράχος μου καθ' όλη τη διάρκεια εκείνης της δύσκολης περιόδου: ο Άντι.

Αφού έγινε σαφές ότι τα πράγματα ήταν σοβαρά και δεν θα πετούσαμε πια -όχι μόνο με τον Άντι αλλά και γενικά- έχασα τη γη κάτω από τα πόδια μου. Πιθανότατα, όμως, θα έχανα και τον Άντι.

Αυτό με τρόμαζε περισσότερο από οποιονδήποτε ιό στον κόσμο. Τι θα γινόταν μ' εμάς; Πότε θα βλεπόμαστε δεδομένου ότι η δουλειά μας δεν υπήρχε πια και μάλιστα ζούσαμε σε δύο διαφορετικές χώρες με κλειστά σύνορα; Η όλη κατάσταση θύμιζε σενάριο ταινίας. Μιας πολύ θλιβερής και σκοτεινής ταινίας. Θεωρούσα ότι

150

εκείνο θα ήταν το τέλος μας. Ήταν δύο υπέροχα χρόνια, αναμφίβολα τα καλύτερα της ζωής μου, κι όμως όλα θα τελείωναν άδοξα εξαιτίας ενός ιού.

Είχα μείνει ολομόναχη μέσα στους τέσσερις τοίχους μου. Για πρώτη φορά, αισθανόμουν πως η ζωή μου καθοριζόταν απόλυτα απ' τις αποφάσεις των άλλων. Αποφάσεις που χαρακτηρίζονταν από ασάφεια και περισσότερο δημιουργούσαν ερωτήματα παρά έδιναν απαντήσεις. Είχα μια αίσθηση πλήρους απώλειας κάθε ελέγχου.

Ήμουν σε άσχημη κατάσταση. Η δουλειά μου, η υγεία μου κι η σχέση μου κινδύνευαν. Δεν είχα ιδέα τι επρόκειτο να συμβεί.

Ξέχασα όλα όσα είχα μάθει για τη θετική σκέψη και το σύμπαν που βγάζει πάντα το καλύτερο από κάθε κατάσταση, αρκεί να το εμπιστευτείς. Ξέχασα πώς να ζω στο παρόν. Σε καμία περίπτωση δεν ήθελα να ζω σ' εκείνο το παρόν και υπό εκείνες τις συνθήκες. Ήθελα πίσω όσα είχα στερηθεί απ' το χθες. Εκείνος ο ιός θα κατέστρεφε τα πάντα.

Κι όμως, εν μέσω εκείνης της απόγνωσης, του πόνου και του φόβου της απώλειας, ενώ βρισκόμουν στο πιο χαμηλό σημείο που θα μπορούσα ποτέ να πέσω, η εσωτερική μου φωνή ήταν πάλι εκεί και φώναζε για να την ακούσω:

Μείνε θετική και δείξε εμπιστοσύνη. Όλα θα πάνε
καλά για σένα στο τέλος.

Ειλικρινά, όμως, δεν ήμουν σε θέση να το κάνω αυτό εκείνη τη στιγμή. Ήταν μακράν το χειρότερο πράγμα που θα μπορούσε να μου συμβεί και δεν είχα ιδέα πώς να το αντιμετωπίσω.

Check-in 24

Όλο εκείνο το διάστημα, ο Άντι κι εγώ ανταλλάσσαμε πολλά μηνύματα και μιλούσαμε συχνά στο τηλέφωνο. Νιώθαμε παραλυμένοι απ᾽ όσα συνέβαιναν. Ο κόσμος δεν είχε ξαναζήσει ποτέ κάτι παρόμοιο. Μας έκανε καλό να μιλάμε για τα γεγονότα. Είχαμε τις ίδιες απόψεις για το θέμα απ᾽ την αρχή, πράγμα που μας βοηθούσε πολύ δεδομένου του παραλογισμού που επικρατούσε παντού γύρω μας. Μας συνέδεε μ᾽ έναν πολύ ιδιαίτερο τρόπο. Ήμασταν το μοναδικό στήριγμα ο ένας για τον άλλον εκείνον τον πρώτο καιρό.

Ωστόσο, το να μην ξέρω πότε θα μπορούσαμε να πετάξουμε μαζί ή πότε θα ξαναβλέπαμε ο ένας τον άλλον, μ᾽ έθλιβε βαθιά. Το αν θα πετούσα ξανά γενικώς, πόσο μάλλον μαζί με τον Άντι, μόνο ο Θεός το ήξερε πια. Θα μπορούσε να πάρει μήνες, ίσως και χρόνια μέχρι να γίνει αυτό.

Εκείνο που ήταν παντελώς αβέβαιο ήταν το τι επίδραση θα είχε όλη εκείνη η κατάσταση στη σχέση μας. Αισθανόμουν φόβο και βαθιά λύπη. Μελαγχολία είχε καταλάβει πλήρως το μυαλό και τις σκέψεις μου. Ήταν περίεργες στιγμές, γεμάτες ανασφάλεια κι αμέτρητα αναπάντητα ερωτήματα.

Στην ερώτηση «πότε θα ξαναϊδωθούμε;» δεν

είχα απάντηση. Το μόνο πράγμα που ήξερα σίγουρα ήταν ότι μου τελείωνε το χαρτί τουαλέτας.

Οι εβδομάδες περνούσαν ενώ τουλάχιστον η φύση υπήρξε αρκετά γενναιόδωρη και συνέχιζε να μας δωρίζει απλόχερα την ομορφιά της, την οποία εκτιμούσαμε πια ακόμη περισσότερο. Και σαν να μας λυπήθηκε ο Θεός, μας χάρισε μια πανέμορφη άνοιξη ώστε να τα υπομείνουμε όλα κάπως πιο εύκολα.

Σε μια προσπάθεια αντιμετώπισης της μοναξιάς μαγειρεύαμε πολύ, βλέπαμε υπερβολική τηλεόραση, διαβάζαμε το ένα βιβλίο μετά το άλλο και, φυσικά, στην Ελβετία πήραμε στην κυριολεξία τα βουνά. Ξαφνικά είχε ξεσπάσει μια απίστευτη μανία για πεζοπορία, όπως και μια μανία για ψήσιμο ψωμιού με μπανάνες.

Παρ' όλα αυτά, η αίσθηση απομόνωσης και μοναξιάς παρέμενε και γινόταν όλο και πιο έντονη. Μου έλειπαν οι φίλοι μου, η οικογένειά μου, τ' ανίψια μου και κυρίως εκείνος.

Κάποια στιγμή μετά από αρκετές εβδομάδες, μας επιτράπηκε να περάσουμε τα σύνορα ως εργαζόμενοι ή αν είχαμε τυχόν δεύτερη κατοικία στη Γερμανία. Το πρώτο πράγμα που έκανα, φυσικά, ήταν να επισκεφθώ την οικογένειά μου. Ήταν μεγάλη ανακούφιση για μένα το να βάλω τέλος στην εξορία μου και ν' αγκαλιάσω ξανά τους αγαπημένους μου.

Ενώ ήμουν εκεί κι απολάμβανα επιτέλους την επαφή με άλλους ανθρώπους, ο Άντι, τον οποίο είχα να δω περίπου ενάμιση μήνα, μου έγραψε:

«Πότε θα γυρίσεις σπίτι; Τι θα έλεγες να σ' επισκεφτώ για λίγες μέρες; Θα ήθελα πολύ να σε δω».

«Έχεις πτήση;» ρώτησα αμέσως. Ήμουν πεπεισμένη ότι θα είχε κάποια προγραμματισμένη πτήση. Γιατί αλλιώς να ερχόταν στην Ελβετία;

«Όχι, θα έρθω μόνο για σένα», είπε αφήνοντάς με έκπληκτη.

Η μπουκιά απ' τον πεντανόστιμο γύρο του εστιατορίου μας κόλλησε στον λαιμό μου. Μάλλον ο κόσμος έφτανε όντως στο τέλος του κι η αποκάλυψη ήταν κοντά για να το ζω αυτό.

Σίγουρα με είχε επισκεφθεί και παλιότερα και είχαμε πάει και διακοπές μαζί, πάντα όμως σε συνδυασμό με τη δουλειά. Εκείνη θα ήταν η πρώτη φορά μετά από δύο ολόκληρα χρόνια που θα περνούσε τα σύνορα μόνο και μόνο για χάρη μου.

Είχα παραλύσει και πάλι, επιτέλους όμως από ευτυχία και λαχτάρα. Επρόκειτο πραγματικά για κάτι ξεχωριστό, κάτι καινούριο. Ήμουν απίστευτα ενθουσιασμένη. Κυρίως επειδή μου έδειχνε ότι ήθελε πραγματικά να με δει κι έκανε την προσπάθεια. Για πρώτη φορά, δεν θα ήμουν απλώς

155

ένα ευχάριστο διάλειμμα απ' τη δουλειά του.

Για οποιαδήποτε άλλη γυναίκα, αυτό θα ήταν κάτι το αυτονόητο και τίποτα το ιδιαίτερο. Ωστόσο, ήμασταν ακόμα σε μια σχέση απροσδιόριστη που δεν είχε όνομα, οπότε κάθε μικρό πράγμα μετρούσε. Απ' όσα είχα μάθει τα τελευταία δύο χρόνια, το πιο σημαντικό απ' όλα ήταν να είμαι ευγνώμων για κάθε μικρό δώρο, για κάθε χειρονομία και κάθε φαινομενικά ασήμαντη λεπτομέρεια χωρίς να ζητάω περισσότερα και να το κάνω συνειδητά κι ολόψυχα. Δεν έπαιρνα τίποτα ως δεδομένο.

Δεν ήμουν αυτό που ίσως έπρεπε να ήμουν: μια περήφανη γυναίκα που ήξερε ακριβώς τι της αξίζει. Αντιθέτως, ήμουν ταπεινή και είχα μάθει να εκτιμώ και ν' απολαμβάνω την κάθε στιγμή στο έπακρο.

Έτσι ήταν απ' την αρχή. Η κάθε στιγμή με τον Άντι ήταν απλά μαγική και μ' έκανε να λαχταρώ την επόμενη. Το να ζω μαζί του κάθε λεπτό ήταν το μόνο που είχε σημασία. Και είχε έρθει επιτέλους η ώρα που είχε αποφασίσει μόνος του ν' αφιερώσει τον χρόνο του σε μένα. Κι εγώ ήμουν για άλλη μια φορά απέραντα ευγνώμων γι' αυτό.

Η είδηση εκείνη έφερε μετά από πολύ καιρό μια νότα αισιοδοξίας μέσα μου. Θα είχαμε πολύ περισσότερο ελεύθερο χρόνο απ' ό,τι συνήθως. Κατάφερα ακόμη και να δω κάτι καλό μέσα σ' όλη

156

εκείνη την κατάσταση: νέες ευκαιρίες. Ναι, μπορεί να μην δουλεύαμε πια μαζί και δεν θα ερχόταν συχνά στην Ελβετία για δουλειά, θα είχαμε όμως νέες ευκαιρίες να οργανωθούμε. Μέσα μου άναψε ένα μικρό φως. Ίσως να γινόταν πλέον πιο ξεκάθαρο το τι ήμασταν, πόσο θέλαμε να βλέπουμε ο ένας τον άλλον, πόσο σημαντικοί ήμασταν ο ένας για τον άλλον και πώς αισθανόμασταν πραγματικά. Ίσως να ήταν η κατάλληλη ευκαιρία ν' αποκαλυφθούν επιτέλους οι πραγματικές μας δυνατότητες και τα τελευταία δύο χρόνια να μην ήταν παρά μόνο μια φάση προετοιμασίας.

Καταλάβαινα πλέον τι ήθελε να μου πει η εσωτερική μου φωνή τότε που εγώ ένιωθα πολύ δυστυχισμένη για να την ακούσω. Ήθελε να μ' αναγκάσει να εμπιστευτώ τη ζωή ακόμη και κάτω από εκείνες τις συνθήκες. Ναι, όλα φάνταζαν τραγικά στην αρχή. Κι αν, όμως, τελικά συνέβαινε το αντίθετο; Το μήνυμα του Άντι ήταν η απόδειξη ότι ίσως το αδύνατο μπορούσε τελικά να γίνει δυνατό.

Στην αρχή, δεν μπορούσα καν να φανταστώ πώς θα μπορούσε να συμβεί κάτι τέτοιο. Ωστόσο, πλέον μπορούσα να δω ένα μικρό φως στο τούνελ. Υπήρχε ακόμα μια ευκαιρία. Εκείνος ο χρόνος θα μπορούσε να μας φέρει πιο κοντά ή να μας χωρίσει για πάντα. Το σίγουρο ήταν πως τίποτα δεν θα ήταν πια το ίδιο. Το ήξερα ήδη αυτό. Το μόνο που έπρεπε να κάνω ήταν να χωθώ για τα καλά στο παιχνίδι της ζωής.

Check-in 25

Είχε γίνει πια επίσημο: μόλις είχε ανακοινωθεί πως η μερική απασχόληση θα αποτελούσε τη νέα τάξη πραγμάτων. Πλέον θα πραγματοποιούνταν μόνο μία με δύο πτήσεις τον μήνα. Το να πετάξουμε μαζί με τον Άντι δεν υπήρχε πια καν ως επιλογή και μάλιστα για αόριστο χρονικό διάστημα. Ο χειρότερος φόβος μου μόλις είχε γίνει πραγματικότητα.

Κάποια πράγματα που προέκυψαν, ωστόσο, από την όλη κατάσταση αποδείχθηκαν πραγματική ευλογία. Μας δόθηκε η ευκαιρία να περάσουμε πολύ περισσότερο ποιοτικό χρόνο με φίλους κι οικογένεια πράγμα που, υπό κανονικές συνθήκες, δεν θα καταφέρναμε μάλλον ποτέ.

Όταν μάλιστα ξεκίνησε η καραντίνα, ξαφνικά είχαμε άπλετο χρόνο για τον εαυτό μας. Κλειδωμένοι στο σπίτι και μόνοι με τις σκέψεις μας. Τι απίστευτη δοκιμασία! Δεν ήταν και τόσο άσχημα αν τα είχες καλά με τον εαυτό σου κι απολάμβανες την παρέα σου. Ευτυχώς, ήμουν πολύ καλή σ' αυτό. Πάντοτε λάτρευα να περνάω χρόνο μόνο με μένα.

Και κάπως έτσι ήρθε επιτέλους η ώρα για την επίσκεψη του Άντι. Για πρώτη φορά από τότε που είχαμε γνωριστεί, θα ερχόταν ΜΟΝΟ για μένα. Η

159

επίσκεψή του δεν είχε καμία σχέση με δουλειά. Δεν υπήρχε καμία πτήση στον ορίζοντα. Μόνο εκείνος κι εγώ.

Ήθελε να μείνει για αρκετές μέρες, περπατούσαμε για ώρες στην εξοχή, μαγειρεύαμε μαζί, παίζαμε παιχνίδια, απολαμβάναμε επίσης πολύωρα χαλαρωτικά μασάζ και περνούσαμε κινηματογραφικές βραδιές με κρασί στον καναπέ. Βρήκαμε ευκαιρία να συζητήσουμε και για όσα συνέβαιναν παγκοσμίως, γεγονός που μας έκανε να δεθούμε ακόμα περισσότερο, αφού είχαμε ζήσει κι εμείς πολύ έντονα τις επιπτώσεις όλων εκείνων των τραγικών γεγονότων. Κι όλα αυτά δεν ήταν απλώς για ένα βράδυ. Για πρώτη φορά μας δινόταν η ευκαιρία να γνωρίσουμε ο ένας τον άλλον σε βάθος και να μάθουμε ποιοι ήμασταν πραγματικά κάτω απ' τις στολές μας, μακριά από ειδυλλιακά τοπία και εξωτικούς προορισμούς. Ήρθαμε ακόμα πιο κοντά κι αποκτήσαμε ακόμα μεγαλύτερη οικειότητα μεταξύ μας. Αυτό επαναλήφθηκε αρκετές φορές τις εβδομάδες που ακολούθησαν. Μ' επισκεπτόταν συχνά για αρκετές ημέρες, μόνο και μόνο για να είναι μαζί μου.

Διδάξαμε ο ένας στον άλλον πολλά μέσα σ' εκείνο το διάστημα. Μου έμαθε τα πάντα για το κυνήγι και πώς ονομάζεται κάθε δέντρο και φυτό. Ήταν ξεκάθαρα άνθρωπος της υπαίθρου.

Μοιράστηκα μαζί του το νέο αγαπημένο μου χόμπι, την αστρονομία. Το σαλόνι μου μετατράπηκε σε πίστα χορού καθώς μαθαίναμε μπατσάτα. Γελούσαμε τόσο πολύ που πονούσαν οι κοιλιακοί μας, οι οποίοι μάλιστα απειλούνταν συνεχώς από τις ζαχαροπλαστικές μου ικανότητες.

Τα ταξίδια στη Βέρνη, τη Λουκέρνη και το Μαύρο Δάσος ήταν εξαιρετικές ευκαιρίες για να βγούμε απ᾽ το σπίτι. Η μία πεζοπορία διαδεχόταν την άλλη. Νόμιζα ότι ονειρευόμουν.

Όπως αποδείχτηκε, ο ιός τελικά δεν μας κρατούσε χώρια. Τουλάχιστον όχι μέχρι εκείνη τη στιγμή. Δεν είχα ιδέα πόσο καιρό θα διαρκούσε όλο αυτό και ποια θα ήταν η κατάληξη. Φαινόταν, όμως, πως εκείνη η παράξενη κατάσταση που βιώναμε μας έφερνε όλο και πιο κοντά, πράγμα που δεν περίμενα με τίποτα όταν ξέσπασε ο κορονοϊός.

Στην πραγματικότητα, φοβόμουν πως θα συνέβαινε ακριβώς το αντίθετο. Ωστόσο, ήμασταν σαν μαγνήτες. Τίποτα δεν μπορούσε να μας χωρίσει. Ούτε άλλες γυναίκες, ούτε η απροθυμία του να κάνει σχέση, ούτε καν ο κορονοϊός. Όλα μεταξύ μας θύμιζαν πλέον αληθινή σχέση. Το μόνο που απέμενε ήταν κάποιος απ᾽ τους δυο μας να βρει το θάρρος να το πει δυνατά.

Παρ᾽ όλα αυτά, δεν μπορούσα να μην αναρωτιέμαι μήπως ήμουν απλώς η συντροφιά του την περίοδο του κορονοϊού, ώστε να μην μένει μόνος του. Τι θα συνέβαινε μετά; Με περίμεναν άραγε θαύματα ή καταστροφές; Αισθανόμουν πως μέχρι τότε μόνο θαύματα είχα βιώσει με τον Άντι.

Ίσως τελικά τα θαύματα να χρειάζονται απλώς μάτια ανοιχτά για να τα δουν, αφού αυτά υπάρχουν πάντοτε γύρω μας. Πιθανόν όλο εκείνο το διάστημα να έβλεπα ένα θαύμα που δεν είχε συμβεί ακόμη, μέσα όμως απ᾽ την ευγνωμοσύνη μου είχε αρχίσει να ξεδιπλώνεται σιγά σιγά στην πραγματικότητά μου.

Ωστόσο, οι καταστροφές είναι εξίσου πραγματικές και μπορούν να συμβούν εντελώς ξαφνικά εκεί που δεν το περιμένεις. Μια τέτοια απροσδόκητη καταστροφή ήρθε ένα απόγευμα που ο Άντι καθόταν κι έπαιζε ένα κομμάτι στο πιάνο μου. Ενώ πήγαινα να καθίσω δίπλα του, κοίταξε το κινητό του και, εν ριπή οφθαλμού, πρόλαβα να δω το προφίλ μιας γυναίκας ανάμεσα στις πολλές συνομιλίες του.

Ίσως να έκανα λάθος και να ήταν απλά μια συνομιλία με τη μητέρα του, την ξαδέλφη του ή οτιδήποτε άλλο. Ήταν όμως αρκετό για να με φέρει σε μια κατάσταση που δεν μπορούσα να ελέγξω. Δυστυχώς, εκείνη τη στιγμή δεν είχα το περιθώριο ν' αποστασιοποιηθώ απ' την κατάσταση και να φιλτράρω τα συναισθήματά μου, οπότε τ' άφησα όλα να βγουν προς τα έξω.

Κακή ιδέα, πάντα.

Μία μόνο σκέψη κυριαρχούσε στο μυαλό μου: αφού είχαμε περάσει τόσες υπέροχες εβδομάδες μαζί, γιατί δεν μπορούσε απλά να σταματήσει να παίζει με άλλες; Ποιον κορόιδευε; Όλα είχαν καταστραφεί ξανά μέσα σε μόλις λίγα δευτερόλεπτα.

«Δεν ξέρω τι να κάνω πια μαζί σου!», φώναξα. «Θα έπρεπε πραγματικά να σε πετάξω έξω!»

Ούρλιαζα κι έκλαιγα. Χωρίς να γνωρίζω το παρασκήνιο εκείνης της υποτιθέμενης συνομιλίας, μεταμορφώθηκα αυτομάτως σε Χαλκ έτοιμο να γκρεμίσει τα πάντα στο πέρασμά του.

Ο θυμός με είχε κάνει αγνώριστη. Όλα εκείνα τα χρόνια κατά τα οποία προσπαθούσα να δείχνω τον καλύτερό μου εαυτό, πάντοτε μακιγιαρισμένη και ντυμένη κομψά με φρεσκολουσμένα και χτενισμένα μαλλιά, είχαν εξαφανιστεί. Τα μάγουλά μου είχαν κοκκινίσει απ' το κλάμα, ενώ οι ψεύτικες βλεφαρίδες μου είχαν ξεκολλήσει κι έπεφταν στο πρόσωπό μου. Δεν είχε μείνει ίχνος μακιγιάζ, τα μαλλιά μου είχαν ανακατωθεί λες και τα φύσηξε άνεμος και μαύροι κύκλοι είχαν εμφανιστεί κάτω απ' τα μάτια μου.

Έτσι όπως στεκόμουν εκεί σε κατάσταση παροξυσμού, ένιωσα πραγματικά αξιολύπητη. Βαθιά μέσα μου το είχα συνειδητοποιήσει: είχα γίνει η χειρότερη εκδοχή του εαυτού μου. Όλα είχαν γκρεμιστεί μέσα σε μόλις λίγα δευτερόλεπτα.

Δεν είχε απομείνει απολύτως τίποτα απ' την ενήλικη γυναίκα που με κατανόηση και υπομονή είχε ξεπεράσει τον εαυτό της κι απλώς απολάμβανε τη στιγμή. Είχα μετατραπεί σε μια ζηλιάρικη, φοβισμένη κοπελίτσα που έτρεμε ότι ο Νικ από τους Backstreet Boys θα την παρατούσε, παρότι εκείνη ήταν βαθιά ερωτευμένη μαζί του.

Ο Νικ Κάρτερ πιθανότατα θα είχε εξαφανιστεί αν έβλεπε μια γυναίκα να ξεσπά μ' εκείνο τον τρόπο με αφορμή κάτι που μπορεί να μην ήταν καν αλήθεια. Τι έκανε όμως ο Άντι; Με πήρε αμέσως κοντά του και μ' αγκάλιασε σφιχτά.

Εκείνη η παράξενη κατάσταση οδήγησε στην πιο βαθιά και ουσιώδη συζήτηση που είχαμε κάνει ποτέ ως τότε. Δείξαμε κι οι δυο μας ανοιχτά πόσο ευάλωτοι ήμασταν. Δεν ήξερα αν ό,τι είχα δει ήταν αλήθεια ή όχι, δεν ήταν όμως εκείνο το ζητούμενο. Δάκρυα έτρεχαν στο πρόσωπό του, όχι επειδή τον είχα πιάσει να κάνει κάτι απαγορευμένο, αλλά από φόβο ότι θα τον άφηνα ξανά επειδή δεν ανταποκρινόταν στο ιδανικό, όπως εκείνος τουλάχιστον το είχε στο μυαλό του.

Μέχρι τότε φίλτραρα τα πάντα και προσπαθούσα να δείχνω πως ήμουν μια διαφορετική γυναίκα χάρη σε όλα εκείνα τα νέα δεδομένα και τις καινούριες εμπειρίες που είχα αποκτήσει. Ωστόσο, είχε έρθει η στιγμή να τ' αφήσω όλα να ξεσπάσουν. Τα πάντα. Χωρίς φίλτρο.

«Απλά δεν μ' αγαπάς, Άντι, ενώ εγώ σ' αγαπώ απ' τα βάθη της ψυχής μου!» του φώναζα. «Κάποια στιγμή θα πρέπει να σ' αφήσω να φύγεις, γιατί απλά δεν μου δίνεις άλλη επιλογή!»

Κούνησε έντονα το κεφάλι του γεμάτος άρνηση. «Δεν είναι αλήθεια ότι δεν σ' αγαπώ. Ποτέ μου δεν είχα αισθήματα για καμία άλλη, όπως έχω για σένα. Αλλιώς δεν θα ήμουν ακόμα εδώ. Ξέρω ότι είσαι η γυναίκα που πάντα ήθελα, αλλά ακόμα παλεύω με τον εαυτό μου. Δεν μπορώ να το προσδιορίσω κι αυτό με τρελαίνει. Θέλω πάντα να τα κάνω όλα τέλεια. Αν δεν τα έχω όλα υπό έλεγχο, νιώθω γεμάτος ανασφάλεια».

«Τότε τα συναισθήματά σου δεν είναι αρκετά δυνατά. Σου λείπει ακόμα κάτι!»

«Μα τι άλλο μπορεί να μου λείπει από εδώ;» ρώτησε θλιμμένα. «Παρόλο που τίποτα άλλο δεν είναι τόσο πολύτιμο όσο αυτό που έχω μαζί σου, με δυσκολεύει ν' αντιμετωπίσω τις αδυναμίες μου. Όσο δεν έχω τον έλεγχο, δεν μπορώ να δεσμευτώ. Θα ήταν άδικο και για τους δυο μας. Κι όμως η σχέση αυτή είναι ό,τι ομορφότερο είχα ποτέ μου. Φοβάμαι ότι μπορεί να σε πληγώσω και να χάσω το καλύτερο πράγμα που μου συνέβη ποτέ. Όμως είμαι εδώ και δεν θέλω να είμαι πουθενά αλλού».

Με κρατούσε ακόμα στην αγκαλιά του ενώ σκούπιζε τα δάκρυα και των δυο μας. Τα πρόσωπά μας σχεδόν αγγίζονταν καθώς κοιτούσαμε ο ένας τον άλλο στα μάτια. Υπήρχε καθαρή ειλικρίνεια κι αφοσίωση στο βλέμμα του.

Τον καταλάβαινα καλύτερα από ποτέ. Διέκρινα το δίλημμα μεταξύ αγάπης και φόβου. Γνώριζα πολύ καλά την ευθύνη, το ρίσκο και τον πόνο που συνοδεύουν την αγάπη και μπορούσα πλέον να τα δω όλα πεντακάθαρα μες στα μάτια του.

Οποιοσδήποτε άλλος θα σκεφτόταν πως είχε επιλέξει τον εύκολο δρόμο. Ζούσε μια συναρπαστική ιστορία με μια γυναίκα με την οποία ήταν ερωτευμένος, αρνιόταν όμως να δεσμευτεί επίσημα ώστε να είναι σε θέση αποφύγει κάθε ευθύνη σε περίπτωση που κάτι πήγαινε στραβά.

Διαισθάνθηκα την ανθρωπιά του· την καλή του φύση· την καλοσύνη του· την προστατευτικότητά του. Ήθελε πραγματικά να με προστατεύσει απ' τον πόνο. Δεν ήταν απλά ένας εγωμανής που ήθελε τα πάντα για τον εαυτό του. Ακριβώς το αντίθετο. Διέσχιζε το δικό του μονοπάτι προς την αναγνώριση των συναισθημάτων και των αδυναμιών του,

166

κάνοντας ό,τι μπορούσε για να μη με πληγώσει. Πάλευε αναζητώντας την ισορροπία ανάμεσα στο να μην δίνει ψεύτικες υποσχέσεις και στο να δώσει μια ακόμα ευκαιρία στον έρωτά μας.

Πώς μπορούσα να το κατανοώ αυτό τόσο καλά;

Μα αφού διέσχιζα κι εγώ το ίδιο μονοπάτι, κουβαλώντας απλώς διαφορετικά βάρη.

Τελικά, όλοι περνάμε απ' το ίδιο μονοπάτι κάποια στιγμή στη ζωή μας αναζητώντας την αγάπη, την αγάπη για τον εαυτό μας και για τους άλλους.

Είχα μάθει στη ζωή μου ότι τα ίδια τείχη που μας προστατεύουν απ' τον πόνο μπορούν επίσης να εμποδίσουν την αληθινή ευτυχία και τη πραγματική αγάπη. Μόλις ένα άτομο γίνεται πιο σημαντικό από ό,τι θα θέλαμε, αυτά τα τείχη υψώνονται, αφού η εμπειρία μας έχει διδάξει ότι αν αφεθούμε, μπορεί να καούμε. Τότε είναι που ξεκινά μια αδιάκοπη μάχη στο μυαλό μας.

Εκείνη ακριβώς τη μάχη διαισθανόμουν στον Άντι κατά τη διάρκεια της συζήτησής μας. Μια μάχη ενάντια στις ανασφάλειες, τις αμφιβολίες και τις ανησυχίες του για το τι θα έφερνε το μέλλον, το αν θα παρέμενα πιστή, αν η αγάπη μου θα ήταν παντοτινή και ποια ήταν τα πραγματικά μου κίνητρα. Κι όμως, εγώ ήμουν εκείνη που στεκόταν ακούραστα μπροστά του παλεύοντας γι' ακόμα μια φορά να γκρεμίσω εκείνα τα θεόρατα τείχη.

167

«Πρέπει να βγω λίγο έξω. Χρειάζομαι αέρα», είπε ξαφνικά διακόπτοντας τις σκέψεις μου.

Τι; Κάτι τέτοιο δεν είχε ξανασυμβεί στο παρελθόν. Με τρόμαξε. Ίσως όλο εκείνο να ήταν υπερβολικό τελικά; Είχαμε ξεπεράσει τα όρια του υποφερτού;

Όσο εκείνος ήταν έξω, εγώ παρέμεινα ακίνητη στο ίδιο σημείο. Προσπαθούσα να ηρεμήσω και ν' ακούσω τη φωνή μέσα μου. Ωστόσο, το μόνο που άκουσα ήταν απόλυτη σιωπή. Ήταν μια παράξενη αίσθηση ηρεμίας που μου έλεγε να δείξω εμπιστοσύνη.

Ό,τι κι αν ήταν εκείνη η συνομιλία που νόμιζα ότι είχα δει, θα ανήκε σύντομα στο παρελθόν, όπως πάντα. Θα χανόταν στο πέρασμα του χρόνου ως κάτι ασήμαντο που ξεχνιέται με τον καιρό. Εμείς ωμός θα ήμασταν ακόμα μαζί και πιθανότατα θα χαιρόμασταν που δεν είχαμε χωρίσει για εκείνον τον λόγο. Ίσως μια μέρα να ήμασταν ευγνώμονες γι' αυτό. Κι αν γινόταν όντως έτσι, τότε τίποτα άλλο δεν θα μπορούσε να μπει ανάμεσά μας.

Είναι τόσο απλό. Κανείς μας δεν μπορεί να ξεφύγει απ' ό,τι προορίζεται για εμάς. Γιατί λοιπόν να μην αφήσουμε την αγάπη να μας συνεπάρει; Γιατί να μην αφήσουμε τις καρδιές μας να χτυπήσουν δυνατά για ανθρώπους και μέρη που ανάβουν τη φλόγα μέσα μας; Έτσι κι αλλιώς, ό,τι είναι σωστό θα παραμείνει κοντά μας και δεν θα χαθεί ποτέ.

Πώς μπορούσα να είμαι τόσο σίγουρη; Μάλλον εκείνη ήταν η δική μου αποστολή, ενώ διέσχιζα το μονοπάτι μου. Έπρεπε να μάθω να ξεκινάω ξανά και ξανά, να συνεχίσω να σηκώνομαι, να βλέπω το καλό και να δείχνω εμπιστοσύνη ακόμα και κάτω από τις πιο δύσκολες συνθήκες. Να βλέπω το φως χωρίς να πτοούμαι απ' το σκοτάδι. Να παραμένω θετική, ακόμα κι αν όλα γύρω μου φωνάζουν το αντίθετο.

Όλα ήταν στο χέρι μου.

Δεν έπρεπε ν' ΑΝΑΖΗΤΩ το νόημα,
αλλά να ΔΙΝΩ εγώ το νόημα.

Ήταν υπέροχο το πόσο κοντά είχαμε έρθει με τον Άντι κατά την περίοδο του κορονοϊού, γεγονός που με είχε κάνει να πιστέψω ότι μπορούσα ίσως να νιώσω κάποια ασφάλεια. Ωστόσο, είχε αποδειχθεί πως όλα ήταν μια πλάνη. Έπρεπε να τον ελευθερώσω. Να του δώσω ξανά τον χώρο που χρειαζόταν. Άλλωστε, η ελευθερία ήταν που μας είχε κάνει να φτάσουμε ως εκεί.

Δεν υπήρχε καμία ασφάλεια. Δεν ήξερα καν πώς έμοιαζε η ασφάλεια και προφανώς δεν μου είχε χρησιμεύσει πουθενά ως τότε.

Χρειαζόταν περισσότερο χρόνο αν ήταν να

συνεχίσουμε ό,τι είχαμε, ύστερα απ' όσα είχαν προηγηθεί. Κάτι έπρεπε να ωριμάσει μέσα του, να τον κάνει να απελευθερωθεί, να τον απαλλάξει από τους φόβους και τις ανασφάλειές του. Στην προκειμένη περίπτωση, δεν ήμουν εγώ εκείνη που μπορούσε να τον βοηθήσει.

Συνειδητοποίησα γι' άλλη μια φορά ότι το μόνο μου καθήκον ήταν να τον αγαπώ και ίσως μια μέρα, αν συνέβαιναν θαύματα -που ήμουν σίγουρη ότι συνέβαιναν- να έβρισκε τον δρόμο του. Ακριβώς όπως θα έβρισκα κι εγώ τον δικό μου.

Έπρεπε απλώς να συνεχίσω να δείχνω εμπιστοσύνη. Για κάποιον λόγο ήμασταν ακόμα εκεί μαζί.

Κάποια στιγμή, μπήκε πάλι μέσα. Ήθελε να μείνει και τον άφησα. Δεν ήταν ώρα να φύγει ακόμα.

Check-in 26

Τις ημέρες που ακολούθησαν, αισθανόμουν γεμάτη ντροπή. Ντροπή για το δράμα που είχα παίξει μπροστά του, για εκείνη την άσχημη πλευρά του εαυτού μου και την αδυναμία μου να διαχειριστώ τα πράγματα πιο ψύχραιμα. Ποτέ ξανά δεν είχα χάσει έτσι τον έλεγχο μπροστά του.

Ωστόσο, ο τρόπος που το αντιμετώπισε με καθησύχασε. Είχε δει την πιο άσχημη πλευρά μου, κι όμως ήταν ακόμα εκεί. Δεν μ' έκανε να νιώθω περίεργα και δεν είχε αλλάξει καθόλου τη συμπεριφορά του απέναντί μου, γεγονός που μου άφηνε το περιθώριο να είμαι ο εαυτός μου χωρίς να φοβάμαι ότι θα το βάλει στα πόδια.

Ίσως γι' αυτό να έπρεπε να γίνει εκείνη η συζήτηση. Η ουσία δεν ήταν σ' εκείνη την ανούσια συνομιλία, αλλά στο πώς αντιμετωπίζαμε ο ένας τις αδυναμίες του άλλου. Άλλωστε, αυτό δεν είναι το συστατικό για μια πετυχημένη σχέση; Δεν είναι ούτε ο έλεγχος ούτε η ζήλια, αλλά το πώς ο ένας αντιμετωπίζει τόσο τις δικές του αδυναμίες όσο και του άλλου. Η θέληση να προσπεράσει ή να αποδεχτεί κανείς αυτές τις αδυναμίες είναι ένα ισχυρό θεμέλιο πάνω στο οποίο μπορεί να χτιστεί η αγάπη.

Ύστερα από εκείνο το σκηνικό, είχα αρχίσει να παρατηρώ όλα τ' άλλα θεμέλια που ασυνείδητα είχαμε βάλει ως τότε. Ήταν περισσότερα απ' όσα νόμιζα. Είχε επενδύσει σ' εμάς πιο πολύ απ' όσο φαινόταν. Αυτό μου έδωσε το κουράγιο ν' ανοίξω ακόμα περισσότερο τα φτερά μου και να συνεχίσω να πετάω μαζί του στον μικρό παράδεισο που είχαμε φτιάξει όλα αυτά τα χρόνια για μας.

Ανεξαρτήτως στόχου, είχαμε αποφασίσει να εκμεταλλευτούμε εκείνη την εξωπραγματική εποχή του κορονοϊού και να την αξιοποιήσουμε στο έπακρο. Να κάνουμε όσο το δυνατόν περισσότερες διακοπές μαζί και ν' αποκτήσουμε όμορφες αναμνήσεις. Άλλωστε, ποιος ήξερε πότε ξανά θα μας δινόταν η ευκαιρία για κάτι τέτοιο; Μερικού μήνες αργότερα, επιστρέψαμε στην αγαπημένη μας Ελλάδα. Μετατρέψαμε το διαμέρισμά μου σε προσωπική μας φωλίτσα, ενώ απολαμβάναμε τις άδειες παραλίες και την ηρεμία που επικρατούσε εκείνη την εποχή, αφού ελάχιστοι ήταν εκείνοι που μπορούσαν ακόμα να ταξιδέψουν.

Δουλεύαμε μία ή δύο φορές τον μήνα και περνούσαμε χρόνο με τις οικογένειές μας. Τον περισσότερο χρόνο, όμως, ήμασταν μαζί. Δείχναμε ο ένας στον άλλον τον πραγματικό μας εαυτό. Κανείς μας δεν χρειαζόταν πια να εντυπωσιάσει τον άλλο. Ο ήρωάς μου γινόταν όλο και πιο ανθρώπινος

172

κι η γυναίκα των ονείρων του όλο και πιο αληθινή.

Όσο περισσότερο γινόταν αυτό, τόσο καλύτερα μαθαίναμε ν' αγαπάμε ο ένας τον άλλον. Ερχόμαστ αν πιο κοντά. Σχεδιάζαμε πράγματα μαζί. Ο Άντι έκανε όλο και μεγαλύτερη προσπάθεια να περνάει χρόνο μαζί μου κι οι πρωτοβουλίες δεν προέρχονταν πια μόνο απ' την πλευρά μου, όπως παλιότερα.

Οι εμπειρίες που μαζέψαμε θα μπορούσαν να γίνουν ολόκληρες ταινίες. Κάναμε πεζοπορία στον Όλυμπο και καταδύσεις στην πανέμορφη Χαλκιδική. Στα ελληνικά νησιά, νοικιάζαμε πάντα ένα σκάφος και βγαίναμε μόνοι μας στ' ανοιχτά, στα πιο γαλαζοπράσινα και καθαρά νερά του κόσμου, όπου κάναμε μπάνιο γυμνοί σε θάλασσες που έμοιαζαν με πισίνες. Κολυμπούσαμε σε σπηλιές απολαμβάνοντας μια απίστευτη αίσθηση ελευθερίας κι απόλυτης ευτυχίας. Σταματούσαμε όπου και όποτε θέλαμε και πηδούσαμε στο νερό. Έπειτα, αναζητούσαμε το επόμενο σημείο που θα εξερευνούσαμε. Χωρίς τουρίστες και φασαρία, όλες οι παραλίες ήταν μόνο δικές μας.

Όταν εξαντλούμασταν, αγκυροβολούσαμε και ξαπλώναμε ο ένας στην αγκαλιά του άλλου, ενώ το κούνημα του σκάφους μας έφερνε έναν γλυκό λήθαργο. Έπειτα βουτούσαμε ξανά στο δροσερό νερό για να μας ξυπνήσει.

Άλλες μέρες νοικιάζαμε σκούτερ για να εξερευνήσουμε τα νησιά. Πηγαίναμε σε μέρη που δεν υπήρχαν καν στους χάρτες. Αναζητούσαμε τα πιο απομακρυσμένα και ήσυχα σημεία. Βρίσκαμε παλιούς φάρους, μικρά ξωκλήσια και παγκάκια με θέα το γαλάζιο του Αιγαίου, μια εικόνα μαγική.

Λέγαμε ο ένας στον άλλον ιστορίες για τη ζωή μας, τα όνειρά μας, τους φόβους και τις επιθυμίες μας. Με χωριάτικη σαλάτα, καλαμαράκια και πολύ ούζο, συνεχίζαμε να φιλοσοφούμε για το σύμπαν, την επιστήμη και την πολιτική.

Κάποιες φορές μέναμε σιωπηλοί. Δεν χρειαζόταν πάντα να μιλάμε. Δεν φοβόμαστ
αν την πλήξη, μπορούσαμε απλά να συνυπάρχουμε ήσυχα ο ένας δίπλα στον άλλο.

Σπάνια βέβαια ήμασταν ήσυχοι όταν κάναμε έρωτα. Κάθε γυναίκα που το έχει ζήσει ξέρει πως δεν υπάρχει τίποτα ομορφότερο. Τα φιλιά, οι αγκαλιές, η οικειότητα, η αίσθηση του να γίνεσαι ένα με τον άλλον, τα βλέμματα, ο αργός ρυθμός... Δεν αρκούν τα λόγια για να περιγράψουν αυτή την εμπειρία.

Μια φορά αποφασίσαμε ν' αλλάξουμε προορισμό, οπότε πήγαμε στην Ιταλία, στο Τσίνκουε Τέρρε. Κάναμε πεζοπορία και στα πέντε χωριά και απολαύσαμε την ιταλική dolce vita .

Κατά τη διάρκεια μιας από τις πεζοπορίες μας,

θέλαμε να κάνουμε ένα μικρό διάλειμμα για να φάμε κάτι. Βρήκαμε ένα απομονωμένο σημείο πάνω σ' έναν βράχο στην άκρη ενός αμπελώνα την ώρα που ο ήλιος έδυε. Είχαμε μαζί μας ζαμπόν Πάρμας, φοκάτσια και κρασί. Είχε ένα ελαφρύ αεράκι σ' εκείνο το υψόμετρο και μια ευχάριστη δροσούλα.

Εκείνες οι μέρες ήταν απ' τις καλύτερες της ζωής μου. Έστω και μία μόνο μέρα από εκείνη την εποχή θα ήταν αρκετή για να γεμίσει ολόκληρη τη ζωή μου με αγάπη, φως και ομορφιά. Μία μόνο μέρα θα ήταν αρκετή για να δώσει νόημα στην ύπαρξή μου. Κι είχαμε τη δυνατότητα να ζήσουμε άπειρες τέτοιες μέρες, ξανά και ξανά.

Αφού επιστρέψαμε στην Ελλάδα, επισκεφθήκαμε τον αγαπημένο μας λόφο του Sani. Ήταν το μέρος στο οποίο τον είχα πάει την πρώτη φορά που είχαμε έρθει μαζί στην Ελλάδα. Καθόμασταν στο παγκάκι μας με θέα τον Όλυμπο και την απέραντη θάλασσα να λαμπυρίζει κάτω από το φως του ήλιου. Εκείνο το μέρος ήταν ξεχωριστό για μένα. Εκεί είχα νιώσει για πρώτη φορά ότι υπήρχε πραγματική αγάπη μεταξύ μας.

Ενώ καθόμασταν, ο Άντι ανασηκώθηκε κι έδειξε με το δάχτυλό του προς την καρδιά μου: «Το αγαπώ αυτό. Είναι το μόνο που έχει σημασία για μένα και τώρα πια το ξέρω πραγματικά. Τώρα το βλέπω. Μετά από τόσο καιρό, σε βλέπω επιτέλους, Μάγια. Είσαι τα πάντα για μένα, θέλω να γεράσω μαζί σου, να γίνω ογδόντα χρονών και να εξακολουθώ να κάθομαι εδώ δίπλα σου».

Μέσα σε μία μόνο φράση είχε συνοψίσει όλα τα «σ' αγαπώ» του κόσμου και μου τα είχε χαρίσει.

Τότε μου ήρθε μια ιδέα: «Ας κάνουμε, λοιπόν, μια συμφωνία εδώ και τώρα. Ό,τι κι αν συμβεί μεταξύ μας, να συναντηθούμε εδώ σε σαράντα χρόνια από τώρα. Έτσι, σίγουρα θα έχεις την ευκαιρία να κάτσεις εδώ μαζί μου όταν θα είσαι ογδόντα χρονών. Σύμφωνοι;»

Χαμογέλασε και με φίλησε απαλά. «Σύμφωνοι!»

Κάπως έτσι πέρασε η περίοδος του κορονοϊού. Επί τρία ολόκληρα χρόνια είχαμε γίνει ο ένας κομμάτι της ζωής του άλλου, κι όμως ακόμα δεν είχαμε βάλει κάποια ετικέτα στη σχέση μας.

Συνεχίζαμε να εστιάζουμε στις υπέροχες στιγμές που περνούσαμε μαζί νιώθοντας απέραντη ευγνωμοσύνη.

Χωρίς να κάνουμε πλάνα για το μέλλον, επικεντρωνόμασταν απλά στο παρόν. Όλα ήταν πιο όμορφα όταν ήμαστε μαζί και μόνο αυτό είχε σημασία. Ήμασταν εκεί χωρίς σχέδιο Β, χωρίς συζητήσεις για γάμους, όρκους, καμπάνες, δαχτυλίδια και παιδιά. Μόνο οι δυο μας στη στιγμή.

Ο καιρός πέρασε μ' εμάς να μένουμε μαζί, χωρίς όμως να περιορίζουμε ο ένας τον άλλον. Είχε αρχίσει να μου γίνεται κάπως πιο εύκολο. Δεδομένης της ποιότητας της σχέσης μας, είχα σταματήσει ν' αμφισβητώ τα πάντα και έδειχνα εμπιστοσύνη σ' εκείνο που έβλεπα και ζούσα καθημερινά δίπλα στον Άντι.

Δεν χρειαζόταν πια να εξηγώ τα πάντα· όλα συνέβαιναν από μόνα τους, φυσικά και χωρίς πίεση. Συμφιλιώθηκα με το άγνωστο. Έδιωξα την ανάγκη μου να καταλαβαίνω τα πάντα προκειμένου να κάνω τα πράγματα σωστά. Γινόμουν όλο και πιο γενναία πιστεύοντας σ' εκείνη την αγάπη.

Η στάση του Άντι με βοήθησε πολύ στο να δείξω μεγαλύτερη εμπιστοσύνη. Είχε βρει επιτέλους κι ο ίδιος τη δύναμη ν' αφεθεί. Υπήρχε πλέον μια ισορροπία ανάμεσα στο τι έδινε και τι έπαιρνε ο καθένας μας. Για μένα ήταν ο σύντροφός μου και συμπεριφερόταν ως τέτοιος, με ή χωρίς ταμπέλα. Ήμουν ευγνώμων για εκείνο που είχε γεννηθεί για εμάς μέσα απ' την πανδημία. Είχαμε γίνει ομάδα, σύντροφοι, συνεργάτες, εραστές.

Και τότε, εντελώς απροσδόκητα, συνέβη το θαύμα.

177

Check-in 27

Οι πτήσεις είχαν αρχίσει ν' ανοίγουν ξανά, αργά αλλά σταθερά. Είχαμε αρχίσει να ελπίζουμε πως θα καταφέρναμε να πετάξουμε πάλι μαζί μετά από τόσο καιρό.

Πράγματι, εκείνον τον Σεπτέμβριο, καταφέραμε να μας δώσουν μια πτήση για τον αγαπημένο μας προορισμό, το Γιοχάνεσμπουργκ. Ήμασταν κι οι δύο πολύ χαρούμενοι γι' αυτό, αφού μας είχε λείψει να φορέσουμε ξανά μαζί τις στολές μας και να συνοδεύσουμε ο ένας τον άλλον στη δουλειά. Ήταν ωραία η αίσθηση να επιστρέφουμε σιγά σιγά στους ρυθμούς της παλιάς μας ζωής. Το σίγουρο ήταν όμως πως δεν ήθελα να ξαναζήσω τα ίδια συναισθήματα με τότε.

Ξαφνικά με είχε καταβάλει ο φόβος ότι η σχέση μας θα γινόταν και πάλι «εργασιακή». Ένιωθα τρομαγμένη. Δεν πίστευα ότι μπορούσε να μου λείψει η περίοδος του κορονοϊού. Κι όμως, εκείνος ο χρόνος μας είχε φέρει κοντά, μας είχε μάθει ν' αγαπάμε ο ένας τον άλλον πραγματικά, κι είχε δώσει τον χώρο που χρειαζόμαστ αν για ν' αναπτυχθούμε. Τώρα που έφτανε στο τέλος του, θα γυρνούσαμε άραγε στα ίδια; Θα ξαναβλέπαμε ο ένας τον άλλον μόνο πριν και μετά τις πτήσεις μας;

178

Θα επιστρέφαμε πίσω στο μηδέν;

Εκείνο που φοβόμουν όταν ξέσπασε ο κορονοϊός ήταν ότι θα μας κρατούσε μακριά. Κι όμως, εκείνη τη στιγμή φοβόμουν ότι το τέλος του κορονοϊού θα σήμαινε και το δικό μας τέλος. Τι περίεργα που τα φέρνει η ζωή!

Έπρεπε να ξεκαθαρίσω στον Άντι ότι δεν μπορούσα να γυρίσω πίσω. Δεν ήθελα πια οι συναντήσεις μας να είναι στο έλεος της δουλειάς και του προγράμματος των πτήσεων μας. Και σίγουρα δεν ήθελα να είμαι μια απλή συνάδελφος στις κοινές μας πτήσεις. Δεν ήμουν έτσι πια και δεν θα δεχόμουν κάτι τέτοιο. Θα προτιμούσα να εγκαταλείψω τις κοινές μας πτήσεις παρά ν' αποδεχτώ ξανά τον παλιό μου ρόλο. Έπρεπε να του μιλήσω γι' αυτό και να μάθω επίσης τι σκεφτόταν.

Εκείνο το βράδυ πριν την πτήση μας κι ενώ ήμασταν στο σπίτι μου, άνοιξα την κουβέντα: «Άντι, μετά από τόσο καιρό, έχουμε επιτέλους ξανά πτήση μαζί!»

«Ναι, επιτέλους θα απολαύσουμε το νοστιμότερο φιλέτο και το καλύτερο κρασί στον κόσμο στην αφρικανική σαβάνα!» είπε ξεχειλίζοντας από χαρά κι ανυπομονησία.

Πάλεψα να διώξω τον φόβο μου πριν συνεχίσω: «Θέλω, όμως, να ξέρεις ότι μετά απ' όλα όσα περάσαμε μαζί τα τελευταία χρόνια, δεν μπορώ να πετάξω μαζί σου όπως παλιά. Απλά δεν μπορώ και δεν θέλω να το κάνω. Αν δεν μπορείς να το κάνεις, τότε δεν θα πετάξω μαζί σου και μάλλον δεν θα το κάνω ποτέ ξανά», είπα αποφασιστικά καταπιέζοντας τον κόμπο που είχε ανέβει στον λαιμό μου.

Κι όταν έλεγα «να πετάξω» δεν εννοούσα μόνο στο αεροπλάνο, αλλά και στη ζωή. Η αποφασιστικότητά μου πήγαζε απ' την απόλυτη βεβαιότητα ότι πραγματικά δεν θα μπορούσα να συνεχίσω έτσι. Όχι πια. Όχι μετά απ' όλα όσα είχαν συμβεί ανάμεσά μας.

Συνειδητοποίησα αμέσως ότι επρόκειτο για τελεσίγραφο. Ενώ είχαμε ζήσει τις καλύτερες στιγμές της ζωής μας, έπαιρνα το ρίσκο να τρέψω τον αχαλίνωτο Άντι Βέμπερ σε φυγή, ασκώντας του πίεση και δίνοντάς του τελεσίγραφα.

Η εμπειρία μου μαζί του μου είχε διδάξει ότι ήταν το χειρότερο πράγμα που θα μπορούσα να του κάνω. Ωστόσο, θα ήταν ακόμη χειρότερο να επιστρέψω στον παλιό μου ρόλο και να προσποιηθώ ότι τα τελευταία χρόνια δεν είχαν συμβεί ποτέ.

Ήταν ίσως η μόνη φορά που έπρεπε να σκεφτώ αποκλειστικά τον εαυτό μου. Έπρεπε ν' αναλάβω δράση και να ξεκαθαρίσω την κατάσταση. Μέσα σε λίγα δευτερόλεπτα έπρεπε να παλέψω μέσα μου ώστε να ξεπεράσω τον φόβο της απώλειας, να διώξω κάθε δισταγμό και να μαζέψω όλο μου το κουράγιο προτού καταφέρω να πω δυνατά: «Δεν πρόκειται να συνεχίσω να είμαι μαζί σου όπως πριν τον κορονοϊό».

Κούνησε το κεφάλι του σαν να είχε καταλάβει τι ακριβώς εννοούσα κι έπειτα είπε απλά: «Κάπως θα τα καταφέρουμε».

Ωραία. Τι σήμαινε πάλι εκείνο; Ένα μεγάλο ερωτηματικό σχηματίστηκε στο πρόσωπό μου, αλλά δεν μίλησα. Αποφάσισα να μην επιμείνω άλλο. Είχα πει ό,τι ήταν σημαντικό για μένα. Έμενε να δούμε τι θα έκανε εκείνος.

Γι' άλλη μια φορά εμπιστεύτηκα το ένστικτό μου. Το σύμπαν είχε φέρει στον δρόμο μας διαζύγια, μετακομίσεις και πανδημίες προκειμένου να μπορούμε τελικά να είμαστε εκεί μαζί οι δυο μας. Θα μαθαίναμε, λοιπόν, πού αλλού μπορούσε να μας οδηγήσει εκείνο το «κάπως θα τα καταφέρουμε». Στο οριστικό τέλος ίσως; Αν έτσι έπρεπε να γίνει κι ήταν το καλύτερο και για τους δυο μας, δεν μπορούσα να κάνω τίποτα, ούτως ή άλλως. Ίσως θα μπορούσα αργότερα να μιλάω με ευγνωμοσύνη για μια παλιά ιστορία αγάπης χωρίς αίσιο τέλος.

Είχε έρθει η ώρα. Ήταν 9 Σεπτεμβρίου 2021, τρεισήμισι χρόνια μετά την πρώτη μας συνάντηση. Έτρεμα καθώς έδενα το φουλάρι στον λαιμό μου. Δεν ήξερα αν έπρεπε να χαρώ που θα πετούσα με τον Άντι ή αν θα ήταν καλύτερα να κλεινόμουν στο σπίτι. Οι σκέψεις μου με τρέλαιναν.

Ήμουν σίγουρη ότι δεν θα μπορούσα να κρύψω την απογοήτευση και τον πόνο μου αν συμπεριφερόταν και πάλι σαν να ήμασταν απλώς συνάδελφοι ή καλοί φίλοι μπροστά σ' όλο το πλήρωμα. Ήξερα ότι θα περνούσα τη δεκάωρη πτήση για Γιοχάνεσμπουργκ προσπαθώντας να καταπνίξω τα δάκρυά μου και ψάχνοντας νοερά έναν τρόπο ν' αντιμετωπίσω τον χωρισμό μας.

Την ίδια στιγμή, ήμουν ενθουσιασμένη για την πρώτη μας κοινή πτήση μετά από τόσα καιρό. Εγώ μπορεί να είχα αλλάξει, αλλά η στολή μου είχε παραμείνει ίδια. Ήταν απλά λίγο πιο στενή. Ο κακός ιός τα είχε βάλει με τη στολή μου. Παρ' όλα αυτά, μου άρεσε εκείνο που αντίκρυσα στον καθρέφτη λίγο πριν βγω απ' την πόρτα. Ήμουν περήφανη για τον εαυτό μου κι απίστευτα ευγνώμων για όλα. Έκλεισα την εξώπορτα πίσω μου κι είπα μέσα μου:

Σύμπαν, σ' εμπιστεύομαι.
Σ' ευχαριστώ για όλα όσα πρόκειται να μου φέρεις.

Όπως πάντα, λίγο πριν την πτήση γνώρισα όλο το πλήρωμα καμπίνας. Ένιωθα νευρικότητα. Δεν μπορούσα να συγκεντρωθώ καθόλου, απλά περίμενα το χτύπημα της πόρτας που ανακοίνωνε ότι έμπαιναν οι πιλότοι μας.

Όταν είδα τον Άντι, η καρδιά μου σταμάτησε. Ήταν σαν να τον έβλεπα για πρώτη φορά. Έδειχνε τόσο όμορφος με τη στολή του. Ένιωσα να τον ερωτεύομαι ξανά απ' την αρχή.

Ανυπομονούσα να ξεκινήσει η πτήση μας. Θα είχα την τύχη να περάσω μερικές υπέροχες μέρες μ' εκείνον τον σπουδαίο άνδρα. Είχα ξεχάσει πόσες φορές μας είχε δοθεί η ευκαιρία να ταξιδέψουμε μαζί. Το συναίσθημα ήταν πάντα το ίδιο όταν εκείνος στεκόταν κοντά μου. Ένιωθα γοητευμένη. Για μια στιγμή ξέχασα ακόμη και το τελεσίγραφό μου. Ήθελα απλώς να τον απολαύσω ξανά. Όταν, όμως, ένιωσα τη σοβαρότητα της εργασίας στην ατμόσφαιρα, προσγειώθηκα απότομα στην πραγματικότητα με μια θλιβερή αίσθηση ότι τα πράγματα θα ήταν μάλλον ακριβώς ίδια με πριν.

Αφού μας χαιρέτησε ο κυβερνήτης, ανέλαβε ο συγκυβερνήτης Άντι: «Ο χρόνος πτήσης μας είναι δέκα ώρες και είκοσι λεπτά κι αναμένουμε ελαφρές αναταράξεις πάνω απ' την Κεντρική Αφρική. Ο καιρός εκεί κάτω είναι φανταστικός. Μπορείτε λοιπόν ν' απολαύσετε άνετα το σαφάρι σας. Εγώ, πάντως, ανυπομονώ ν' απολαύσω τη σημερινή πτήση με τη ΚΟΠΕΛΑ μου», είπε δείχνοντας προς το μέρος μου.

Με δυσκολία μπόρεσα ν' ακούσω τα επιφωνήματα ενθουσιασμού που ξεχύθηκαν μαζικά στο μικρό δωμάτιο. Ήταν λες και κάποιος μου είχε αφαιρέσει ξαφνικά τον αέρα που ανέπνεα. Τ' αυτιά μου βούιζαν κι η καρδιά μου ήταν λες κι είχε σταματήσει. Δεν κατάφερα καν να χαμογελάσω.

Είχα κοκκαλώσει λες κι είχα μόλις δει το πρόσωπο της Μέδουσας. Την ίδια στιγμή, όμως, κάθε δάκρυ, ανησυχία κι αρνητική σκέψη, κάθε κακή μέρα και κάθε μικρή ή μεγάλη αμφιβολία των τελευταίων ετών εξαφανίστηκε μονομιάς. Σαν κάποιος να είχε κόψει με ψαλίδι το βαρίδιο που κρεμόταν από πάνω μου κι εκείνο είχε πέσει μ' έναν δυνατό γδούπο στο πάτωμα.

Προσπάθησα να συνέλθω. Κοίταξα τον Άντι και του χαμογέλασα. Μου χαμογέλασε κι εκείνος.

Τι είχε μόλις συμβεί; Τόσα χρόνια ονειρευόμουν εκείνη τη στιγμή κι επιτέλους τ' όνειρό μου είχε εκπληρωθεί. Είχα πάρει τον τίτλο μου. Το στέμμα μου. Ήταν μόνο μια φράση, κι όμως έκρυβε τόση δύναμη μέσα της. Ήταν ανοησία, ταυτόχρονα όμως και βάλσαμο για την ψυχή.

Ωστόσο, μέσα σ' εκείνο το διάστημα είχα
184

ωριμάσει τόσο πολύ που, παρότι περίμενα εκείνη τη στιγμή τόσο καιρό, γρήγορα συνειδητοποίησα πόσο ασήμαντα ήταν όλα στην πραγματικότητα. ΠΑΝΤΑ ΗΜΑΣΤΑΝ ΕΜΕΙΣ. Μόνο αφού ήρθε η αναγνώριση μπόρεσα να δω την αλήθεια: πάντα ήμασταν αρκετοί. Ήμασταν ήδη τέλειοι χωρίς ετικέτες, ονόματα και τίτλους.

Ήξερα πια τι ήθελα όλον εκείνον τον καιρό. Δεν ήταν λέξεις ή τίτλοι. Ό,τι ήθελα πάντα, το είχα ήδη απ' την αρχή.

ΕΜΑΣ.

Κι όμως η καρδιά μου έλαμπε. Ήταν τόσο ωραίο να τ ακούω και να μην κρύβομαι πια.

Ο εγωισμός μου ανακουφίστηκε. Τον άφησα ν' απολαύσει τη στιγμή, αλλά όχι για πολύ. Ήξερα πολύ καλά ότι επρόκειτο απλώς για λέξεις. Οι πράξεις που ακολούθησαν ήταν ακόμα πιο όμορφες.

Καθ' όλη τη διάρκεια της πτήσης, δεν μιλούσε για τίποτα άλλο εκτός από εμάς. Έλεγε για τις εμπειρίες, τα ταξίδια μας και όσα υπέροχα είχαμε ζήσει μαζί. Τον άκουγα να επαναλαμβάνει συνεχώς τ' όνομά μου μπροστά σ' όλο το πλήρωμα.

Ένιωθα σαν θεατής που έβλεπε ταινία και χαμογελούσε, αφού φαινόταν πως τελικά θα είχε αίσιο τέλος. Πόσο όμορφος έμοιαζε ο κόσμος ξαφνικά! Ο Άντι στεκόταν δίπλα μου με κάθε ευκαιρία, όπου κι όποτε μπορούσε. Είχαμε γίνει επισήμως ένα.

Κατά τη διάρκεια του δείπνου μας σε μια βεράντα με υπέροχη θερμοκρασία και νοτιοαφρικανικό κρασί, μου είπε πόσο περήφανος ένιωθε καθώς έλεγε σε όλους ότι ήμουν η κοπέλα του. Όλοι είχαν ενθουσιαστεί με τα νέα και με το πόσο όμορφο ζευγάρι ήμασταν.

Έπιασε το χέρι μου και με κοίταξε βαθιά μέσα στα μάτια: «Μάγια, δεν είμαι πια ο άνθρωπος που ήμουν. Ο χρόνος, η αγάπη κι η υπομονή σου με άλλαξαν. Δεν μπορώ και δεν θέλω να είμαι πια εκείνος που ήμουν κάποτε. Ακόμα κι αν αυτό με φοβίζει, θέλω να βρω τον δρόμο μου μαζί σου. Μαζί μπορούμε να τα καταφέρουμε».

Αυτό εννοούσε, λοιπόν, όταν είχε πει «κάπως θα τα καταφέρουμε».

Απ' όταν φύγαμε απ' τη Ζυρίχη, πετούσα στα σύννεφα και είχα αποφασίσει να συνεχίσω να το απολαμβάνω ήσυχα, σαν σωστή κυρία. Δεν είχα τίποτα άλλο να προσθέσω σ' εκείνη τη μαγική εικόνα που το σύμπαν είχε ζωγραφίσει για εμάς.

Τα επιμέρους κομμάτια του παζλ είχαν ενωθεί για να σχηματίσουν τη μία και μοναδική εικόνα που είχα «δει» μέσα μου απ' την αρχή. Τα πάντα, απ' το διαζύγιό μου μέχρι και την πανδημία, είχαν συμβεί την κατάλληλη στιγμή. Όλα μας είχαν οδηγήσει μέχρι εκείνο το σημείο με ανατριχιαστική ακρίβεια.

Όλα πλέον έβγαζαν νόημα. Το γεγονός ότι δεν ήταν έτοιμος τόσα χρόνια αλλά κι η άρνησή του να δεσμευτεί ήταν ένας τρόπος να ωριμάσω και να μάθω μέσα από 'κείνον. Ο συγχρονισμός μας ήταν απλά τέλειος. Ο καθένας μας είχε περάσει τις δικές του δοκιμασίες, κι όμως είχαμε καταφέρει να βρούμε ένα κοινό μονοπάτι για να διασχίσουμε μαζί. Παρά τις προκλήσεις και τα βαρίδια του παρελθόντος που κουβαλούσε ο καθένας μας, τα είχαμε αφήσει όλα πίσω μας κι ήμαστον πια έτοιμοι να ενώσουμε τους δρόμους μας με κατεύθυνση προς κάτι νέο.

Το πότε θα γινόταν αυτό δεν είχε σημασία. Έπρεπε να είμαι ταπεινή και να μάθω να περιμένω. Να κατακτήσω αρετές όπως η υπομονή, η κατανόηση, η ενσυναίσθηση, η ανιδιοτέλεια κι η αγάπη για τον εαυτό μου. Έπρεπε να μάθω τα πάντα απ' την αρχή, να συνεχίσω να εμπιστεύομαι την εσωτερική μου φωνή κι ένα σύμπαν που κανείς δεν μπορούσε να καταλάβει ή να εξηγήσει.

Εκείνος με τη σειρά του, χρειαζόταν το δικό του χρόνο για να συνειδητοποιήσει τους φόβους του και να τους αντιμετωπίσει. Να παραμερίσει τις ανασφάλειες και την τελειομανία του. Να βρει το κουράγιο να δώσει σ' εκείνον τον σπόρο της αγάπης που είχε εντοπίσει στην καρδιά του από νωρίς, μια ευκαιρία να μεγαλώσει και ν' ανθίσει. Να βρει τον εαυτό του, ν' αποδεχτεί τις αρετές και τις αδυναμίες του, χωρίς να χάσει την πίστη του στην αγάπη.

Απ' την αρχή, χρειαζόμασταν μόνο ένα πράγμα: χρόνο!

Χρόνο και τίποτα άλλο.

Αν σ' οποιοδήποτε σημείο της διαδρομής μου είχα ακούσει τους άλλους για το πώς θα έπρεπε να είναι τα πράγματα, τι ήταν σωστό και τι λάθος ή αν υπέκυπτα στους φόβους και τις αδυναμίες μου, αυτό το θαύμα δεν θα είχε συμβεί ποτέ. Ωστόσο, το πιο σημαντικό μάθημα που πήρα απ' όλη εκείνη την ιστορία -εκτός απ' το γεγονός ότι η ευγνωμοσύνη είναι ό,τι πιο σπουδαίο στη ζωή- ήταν το εξής:

Η στάση μου απέναντι στη ζωή καθορίζει τη στάση της ζωής απέναντί μου.

Και τι θα γινόταν τώρα που είχαμε βάλει ετικέτα; Που ονοματίσαμε τη μαγική μας σύνδεση κι όλοι μας θεωρούσαν επίσημα πια ζευγάρι; Τι θα συνέβαινε; Θ' άλλαζε κάτι; Ήμασταν πια ασφαλείς; Έπρεπε να θέσουμε όρους; Δεν είχα ιδέα. Μόνο ένα πράγμα ήξερα με σιγουριά:

Το ταξίδι είναι ο προορισμός.

Έτσι ήπιαμε στην υγειά μας με ένα ποτήρι κρασί ενώ βλέπαμε από την βεράντα το ηλιοβασίλεμα της νότιας Αφρικής. Και να τη πάλι, η πιστή μου σύντροφος· η εσωτερική μου φωνή. Σε μια απ' τις ομορφότερες στιγμές της ζωής μου, ήταν εκεί για να μου ψιθυρίσει τέσσερις μόνο λέξεις:

Σ' ευχαριστώ που με άκουσες

Η Μαριέττα Ιγνατιάδου είναι μια πολυδιάστατη προσωπικότητα που δεν χάνει ευκαιρία να συλλέγει νέες εμπειρίες. Ως διερμηνέας, κατάφερε να κατακτήσει την τέχνη του να συγκεράσει ξένες γλώσσες και πολιτισμούς και να τις μεταδώσει με τρόπο κατανοητό στον άνθρωπο. Ως δασκάλα χορού, ενέπνευσε αμέτρητους ανθρώπους να εκφράσουν το πάθος και τη δημιουργικότητά τους. Ως αεροσυνοδός, ταξίδεψε σε ολόκληρο τον κόσμο απ' όπου συγκέντρωσε αμέτρητες συναρπαστικές ιστορίες.

Στο πρώτο της βιβλίο, παρασύρει τον αναγνώστη στο προσωπικό της συγκινητικό ταξίδι αναδεικνύοντας την εσωτερική πάλη που καλείται δώσει σε μια προσπάθεια να ξεπεράσει τον εαυτό της και να αναθεωρήσει παλιές αξίες και παρωχημένους τρόπους σκέψης.